エブリスタ　編

竹書房文庫

目次

※本書は、小説投稿サイト「エブリスタ」が主催する「サイコホラーコンテスト」応募作品より入賞作品ならびに特に評価の高かった作品を選出・編集し、一冊に纏めたものです。

悪意怪談

知らない電話番号

焼きそばパン

誰だろう？

留守電にメッセージが入ってる。

「莉乃、僕が悪かった。まだ怒ってるの？　今どこにいるの？　会って話がしたい、また連絡する」

私は『春菜』だから、どうやらこの人は私を『莉乃』さんって方と間違えて電話をかけてきてる。

恋人？　喧嘩でもしたのかな？


次の日も同じ番号から何度か着信があった後に留守電が入っていた。

「まだ許してくれないの？　電話しても出ないいし、既読もつかない、折り返し電話もくれないし心配です、連絡ください」

また次の日も何度も何度も着信があった。

「聞いてるんだろ？　いい加減返事しろよ、声が聞きたい、今夜七時にいつもの駅前の店で君が来るまで待ってるから……」

何度も何度も何度も。

「莉乃、今さ、何してるの？　俺、ずっとお前が来るまで待ってたんだぞ？　なんで電話に出ないんだよ、いいから今すぐ出ろよ、早く！」

何度も何度も何度も何度も何度も何度も何度も何度も。

「俺を無視するな」

とうとう私は耐えかねて、間違い電話の男に私は『莉乃』さんではないこと、間違って連絡があることを伝えようとした

♪♪♪　呼び出し音がなる。

「はい」

相手の男が電話に出る。

私は事情を話した後、『莉乃』さんと間違えて連絡をしてきていると伝えた。

「知ってます、やっと話せましたね」

怖くなり、すぐに電話番号を変えた。

じゃんけんおじさん

渡波みずき

一　遭遇

　中学校は、海の見える丘の上にある。小学校の頃は住宅街のどまん中に通っていたから、海っぺりに出て行くことなんてほとんどなかったが、今は毎朝、海へ向かって歩く。二十五分もだ。

　この四月から入った中学校には、同じ小学校出身は数えるほどだ。そいつらは大通り沿いに住んでいてバス通学だし、仲良いヤツはみんな、別の中学校の学区だ。

　俺だけは、住宅街の古い路地を歩かなければ、学校にも家にもたどり着かない。一人で登下校するのも、一か月経って、やっと慣れてきたところだ。

　今日の下校もやっぱり、一人だった。

　あ、猫。道ばたで寝転がる三毛猫がいる。目元に特徴的なハート型の黒ぶちがある。みぃくんだ。メスの三毛猫なのに、「くん」づけされているこの野良猫のことは、コウジに教わった。三毛のオスがこの漁師町で野良になるワケがない。船に乗せると難破しないと言われる縁起物だそうだ。

俺はしゃがみこんで、みぃくんに手を伸ばした。でも、みぃくんは、ハッとした顔で向こうを見ると、逃げるように近くの民家に飛びこんでいってしまった。

なんだろう、車が来るのかな。立ちあがると、確かに何かが来る音が聞こえた。

たたんっ、ととんっ、たたんっ、ととんっ。

角を曲がって軽やかに現れたのは、作業着姿のおじさんだった。スキップをしながら、どんどんとこちらへやってくる。左手に提げたコンビニのビニール袋が揺れて、シャカシャカと鳴る。五十代くらいの禿げ気味のおじさんが、満面の笑みで俺に向かって近づいてくる。

たたんっ、ととんっ、とん。

ぴたっと両足をそろえて俺の前に着地すると、おじさんは右手のこぶしを振りあげた。

「じゃーんけーん」

「ぽん！」

とっさにパーを出す。おじさんはグー。

か、勝っちゃった……。

呆然としていると、おじさんは目をぎっと見開いて、不自然なほど口角を上げて笑ってみせた。

「オメデトウゴザイマース！」

機械みたいな甲高い声とともに、おじさんはコンビニの袋からキャラメルの箱を取りだした。腹の辺りにずいっと突きだされて、つい受け取ってしまった。

おじさんはそれだけ渡すと、ふいっと体の向きを変え、俺の進行方向とは逆の――学校のほうに向かって、スキップしていった。

なんだぁ、今の？

渡されたキャラメルはなんだか汚い気がして、ココに捨ててしまおうかとも思ったけど、よく見ればビニールの封が切られていなかった。コンビニで買ったばかりのものかも。賞味期限もだいぶ先だ。

ビニールを剥がす。箱を開けて、においを嗅ぐ。別に、平気そう。一粒食べたら、不信感はふきとんだ。いつもの味だ。甘い！

得した気分で箱をポケットにねじこむと、俺は機嫌良く家路についた。

二　うわさ

翌日、将棋サークルの部室でコウジにおじさんの話をすると、意外にも反応は薄かった。

「ああ、〈じゃんけんおじさん〉だろ？　オレも会ったことある」

パチン。盤上の駒を進めて、早く打てよと顎をしゃくってよこす。

「なんだよ、有名人なの？」

「まあね。上小(カミショー)ではみんな知ってたよ。あのひと、北川大橋の下の工場で働いててさ、日給使って賞品のお菓子買って、帰り道に子どもとじゃんけんしてるんだって。昔はよく、駄菓子屋でじゃんけんしてるのを見かけたって、親父が前に言ってた」

コウジによれば、上小――上北川小学校の学区では、知らぬ者はいないらしい。

「オレが前に勝った時は、大袋のポテトチップスのりしおもらったよ」

「そっちのほうがいいな、っと」

長考後の俺の一手にも動じずに、コウジはすかさずパチリと駒を鳴らす。親父さんと毎日指しているだけあって、コウジは将棋になれている。対する俺は、まだ初心者だからなあ。なにしろ将棋サークルに入って一週間だ。

中学に上がって初めてできた友だちがコウジだった。出席番号が前後で、クラスで席が近かったのがきっかけ。「オレ、将棋サークルに入るけど、おまえもどう？」と誘われて、入ったはいいが、実際はサークルとは名ばかりのありさまだった。主要メンバーはみんな卒業してしまい、他に二年生、新三年生も在籍はしているらしいけれども、部室にはたいてい俺とコウジの二人しかいない。活動時間中に一度は顧問の柳井（やない）先生が顔を出すが、人数が増えるタイミングはそれくらいだ。

考えていると、ちょうど部室の戸口に柳井先生の姿が見えた。

「おお、やってるな……」

盤面をのぞきこむ柳井先生の前で、俺は緊張しながら飛車を動かす。それを見て、先生は破顔した。

「良い先生がいるのに、おまえはホント伸びないなぁ。コウジ、詰め将棋の問題出して鍛えてやったほうがいいんじゃないか？」

「詰め将棋の本は貸したし、こうやって指してるほうが楽しいんだよ」

タメぐちを聞いたコウジに、先生は笑うばかりだ。コウジの親父さんは、週に一度、市民センターで講師として将棋を教えているほどの腕前だ。聞けば、柳井先生も講座に通ったことがあるらしい。

「それよりさ、先生はじゃんけんおじさんって会ったことあります？」

「じゃんけんおじさん？　――ああ」

柳井先生はニヤリとして、おどかすような口調になった。

「知ってる知ってる、あれだろう？　おじさんとのじゃんけんに勝つと、スキップしていなくなるけど、負けると大鎌で殺されちゃうって話。な、コウジ？」

コウジは応えてニヤニヤした。でも、否定も肯定もない。

「それ、俺の知ってるおじさんと違うし。なんスか、先生まで俺をおちょくるとか、酷くないスか？　おい、コウジ。ホントは負けたらどうなるワケ？」

「さあ、どうなるんでしょー？」

はぐらかし、コウジが桂馬をぽんと俺の王将の隣に置いた。そうして、くるりと裏返す。

成金か……っ。

駒が敵陣に入ったあとに、裏返して〈成る〉ことで、金将という強い駒と同じように動けるようになるのだ。そのルールをうっかり忘れていた。

「王手。おまえ、大駒ばっかり気にしすぎ」

「くそぅ。ありがとうございました！」

おざなりな礼をして、もう一局指そうとすると、柳井先生が名乗りをあげた。それなら、三人で総当たりだ。まずはコウジと先生、次が俺と先生。順番を決めていると、先生は駒を並べながら言った。

「そうそう、本題を忘れるところだった。磯のキャンプ場あるだろ？　あの近くで最近、小動物の死骸がたくさん見つかってるらしい。おまえたち、危ないから近寄るなよ」

「知ってる！　首ちょんぱされてたって、親父が言ってた」

コウジの親父さんは、地元消防団の見回りの最中に野良猫の死骸を見つけたのだと言う。

「ウチでも、みぃくんが変なヤツに捕まらないといいなって話してたんだよ」

「猫なら分かりますけど、俺たちはキャンプ場なんか行かないッすよ。第一、あそこ、有刺鉄線だらけじゃないですか」

先生の言う場所は、廃キャンプ場と言うのが正しい。大昔、この町が栄えていた頃には賑わっていたらしいけど、今では崩れかけのバンガローや四阿（あずまや）があるばかりで、完全に廃墟になっている。建物の倒壊が危険だからと、有刺鉄線で立ち入りを禁じているのだ。

「もちろん、中に入るのはもってのほかだぞ。そうじゃなくって、周囲に不審者がいるかもしれないんだ。けっして近づかないこと」

「不審者ァ？　じゃんけんおじさんとか？」

混ぜっかえすと、柳井先生は手元の駒から視線を上げ、困ったように目を細めた。

「じゃんけんおじさんはいいから。キャンプ場のことはな、警察から連絡が来ているんだ。

くれぐれも近寄らないように」

「はーい」

そんなに心配しなくても。と、内心で思っていたのは、コウジも同じだったらしい。下校途中、その話になって、俺はふと、先生がじゃんけんおじさんについて言っていたのを思い出した。

「なあ、コウジ。じゃんけんおじさんに負けたら大鎌で殺されるって話さ、……マジ？」

だったら、猫殺したのも、じゃんけんおじさんなんじゃないか？　考えていると、コウジが前を指さし、「あっ」と、短く叫んだ。

指先をたどる。うわさをすれば、とはこのことだ。路地の向こうから、じゃんけんおじさんがニコニコと、スキップで現れたのだ。

どうしよう、今日は負けるかもしれない。二つに一つの可能性にゾッとする。おじさんはまっすぐに俺たちを見て、手に提げたビニール袋を揺らし、独特のリズムを刻む。

たたん、ととん、たたん、ととんっ。

その時だった。

シャーっと、軽やかな音をたてて、自転車が俺たちを追い越していく。制服で分かる。うちの中学の生徒だ。じゃんけんおじさんを知らないのか、平然と近づいていく。俺たちは自然にその場に足をとめ、立ちすくんだ。

おじさんはくるりと自転車に笑顔を向け、腕を振りあげた。その手はすでに、チョキの形をしている。

「じゃーんけーん……」

「うわぁああっ？」

目の前に突きだされた腕を避けようとして、自転車が横転する。

「ぽんっ」

地面に転げた男子生徒の頭上に、チョキがひらめいた。じゃんけんの相手をしたつもりはきっとなかっただろうけど、地面についた生徒の両手はパーの形に開いている。

——負けた。

やばい、あいつ、死んだ。

俺は慄然として、成り行きを見守った。

「な、何するんですか！　危ないじゃな」

立ちあがりざまに文句を言う男子生徒に、じゃんけんおじさんはゆらゆらと頭を振りながら、ニタニタとくちびるの端をつりあげた。

「ザンネンでしたァ！」

甲高い大声で告げると同時に、おじさんは蚊でもつぶすみたいに、両手でバシーンっと生徒の横っ面を挟みうちした。

「……ってぇ」

生徒が両頬を覆って、へなへなとしゃがみこむ。俺は、その光景を、ぽかんと口を開けてみていた。

──なんだ、ひったたかれるだけかよぉ。

崩れ落ちたいのは、俺のほうだった。心配して損した。ほっとしたのもつかの間だった。笑顔のじゃんけんおじさんの首だけが、ぐりんっとこちらを向いた。完全に俺たちがロックオンされている。

「やっべ……、逃げ損ねてた！」

口に出してつぶやくうちに、じゃんけんおじさんは、たたん、ととんとスキップを再開し、見る間に距離をつめてきた。

「悪い、先頼むわ」

ぽんっと肩を叩かれる。コウジは勝手にそう言って、俺の背後に一歩さがった。

「え、ちょ、待てよ！」

あわてて引きとめ、向きなおると、じゃんけんおじさんはすでに俺のすぐ目の前にせまっていた。驚いて、後ろによろめく。転びかけの視界、振りあげたおじさんのこぶしが目に入った。

——あれって、……もしかして、グー？

「じゃーんけーん、ぽんっ」

おじさんのかけ声にパーを出しながら、道路にべたんっと尻餅をつく。一瞬の、沈黙。

「オメデトウゴザイマース！」

ぎっ、と不自然に笑いながら、じゃんけんおじさんは菓子をさしだす。のりしおポテチ。

「あ、ありがとう、ございます」

礼を言って受け取ると、じゃんけんおじさんはスキップでコウジの脇をすりぬけて、どこかへ去っていった。

おじさんを見送ってから、コウジはニヤニヤしながら近づいてきた。

「な？　怖くないだろ？　負けても、大して痛くないんだぜ、あれ」

……そうは見えなかったけど。

振りかえると、でも、たしかにさっき叩かれた男子生徒はもういなくなっていた。多少は痛いが、怪我をするほどではないようだ。

「ま、いっかぁ。のりしお、好きなんだ」

ポテトチップス一袋は、下手するとペットボトルや総菜パンより値が張る。腹にも溜まらないし、自分ではなかなか買えない。これがもらえるなら、じゃんけんの相手をしてやるのも悪くない。

「必勝法も、たぶん分かったし」

「えっ？　ほんとうに？　教えてくれよな」

コウジがびっくりした顔になる。じゃんけんおじさんの出す手なんか、あんなにあからさまなのに、どうして気が付かないかなぁ。後出しで良いなら、楽勝じゃん。

これからは毎日、おこづかい気にせず菓子が食える！　俺は得意になった。勢いよく立ちあがる。

そうして、手にした袋をべりっと開けると、わざとコウジに見せびらかすように、音を立ててポテトチップスにかじりついた。

＊

今日はハズレだ。

ちくわ型のスナック菓子をほおばりながら、俺はじゃんけんおじさんに悪態をついた。

納豆味ってなんだよ、せめてたこやきとか！

　将棋盤を挟んだ向かいで、俺の愚痴を聞いていたコウジが呆れたように肩をすくめた。

「おまえがじゃんけんおじさんの常連客になるなんて、思ってもみなかったよ」

「かんたんに言うけどさ、常連になるのも、結構難しいんだぜ？」

　じゃんけんおじさんは朝の登校時に現れることもあるし、下校時に狙われることもある。目の前で他のだれかが先にじゃんけんに勝ってしまうことだってある。空の袋を手にスキップしているおじさんを見送った時のむなしさったらない。

「俺の菓子、今日はだれが食ったんだよ！　ってなるよ」

「おまえの菓子じゃないし」

　声をたてて笑いながら、コウジは駒を進め、俺の歩を取った。

「明々後日さ、ウチに来ないか？　親父が、次の日曜日なら、将棋教えてくれるって」

「え、マジで？　行く行く！　コウジんちってどの辺？」

「ふだんの分かれ道を少し行って、もう一回、磯のほうに曲がったところ。キャンプ場に行く道って言ったら分かる？」

　なんとなくしか分からない。当日は、道が分からなかったら電話することにしよう、などと話していると、柳井先生が部室に顔を出した。

「——コラ！　菓子は校則違反だぞ」

めざとくスナック菓子の袋を見つけた柳井先生に、コウジがちゃっかり俺のほうを指さす。おかげで、俺はごく軽くげんこつを食らい、くちびるをとがらせた。

「しかし、懐かしいな。こんな駄菓子、どこで買うんだ？」

「懐かしいって、先生もこれ食べたことあるんスか？」

「子どもの頃、よく食ったよ。今も一本十円なのか？」

「さあ……」

俺が首をかしげると、柳井先生はどういうことだと、眉を寄せた。コウジが脇から説明してくれる。

「じゃんけんおじさんにもらったんだって」

「じゃんけんに勝つと、菓子くれるんスよ」

言い添えると、先生はへえっと、顔を明るくした。

「俺の子どもの頃にもいたひとだな、そのおじさん。駄菓子屋によくいて、じゃんけんに勝つと何でも買ってもらえたんだ」

「先生の子どもの頃っていつ？　五十年くらい前？」

「ひどいな。老け顔だけど、まだ三十六だ」

柳井先生は三十代に見えなかった。若くて四十三くらいだと思っていた俺は、コウジといっしょに目をまるくした。それから、急に気になった。

「駄菓子屋なんてありましたっけ？」

問いかけに、先生はあっさりと言った。

「おばちゃんが何年か前に亡くなって、息子の代でスマイリーになったんだよ」

スマイリーは、全国展開のコンビニだ。そうか、行き場をなくしたじゃんけんおじさんはコンビニで買い物をするようになったのか。

なんだか、物寂しい気もした。

柳井先生はじゃんけんおじさんの話をいくつかしてくれた。工場が休みでおじさんがいない日は、おばちゃんが代わりにじゃんけんをして、勝った子には十円のヨーグルトをサービスしてくれていたこと。カードは買ってくれなかったこと。個数の多いガムを買ってもらって、みんなで分けたこと。ちなみに、駄菓子屋のおばちゃんの息子は、先生の同級生なのだと言う。

先生の思い出話に耳をかたむけているうちに、その日の活動時間は終わってしまった。

＊

翌日、金曜日の下校時、いつもの道でみぃくんを撫でていると、耳慣れた足音が聞こえてきた。

たたん、ととん、たたん、ととん。

みぃくんの耳がぴくりと動いて、音に集中する。だが、俺はめんどうくさがって、しゃがんだままでいた。寝そべっていたみぃくんが首をもたげる。目を細め、じっと前を見る。

おじさんの足音が近づいてくる。そろそろ、みぃくんも逃げていってしまうだろう。それまではと、のんびりしていると、俺の手元にいたみぃくんがとつぜん思わぬ行動に出た。

じゃんけんおじさんのスキップする足元に、自分から飛びこんでいったのだ。

「みぃくん、あぶない……っ！」

俺はとっさに手をさしのべ、みぃくんをかばおうとした。だが、そこはやはり猫だけあって、蹴られる寸前でおじさんの足の間をすり抜け、みぃくんは向こうへ走っていく。

ほっとしたのも、つかのまだった。

「じゃーんけーん、」

ハッとした時には、遅かった。

「ぽんっ」

後出しに間に合わず、適当にグーを出す。

じゃんけんおじさんの手は、パーだった。

負けた。血の気がひいた。

ニィィっと、おじさんの顔が笑みにひきつっていく。ゆらゆらっと首がゆれた。両腕が左右に広げられる。

それを見て、俺はスタートを切っていた。家に向かう道を、全速力で走りだす。

「待ってえ！　待ってえ！」

たたっ、ととっ、たたっ、ととっ。

いつもよりも早いスピードで、でも、こんな時にも、じゃんけんおじさんはスキップをやめない。笑顔をはりつけたまま、追いかけてくる。

「待ってえ！」

声が遠ざかった。俺はちらりと後ろを見遣る。やはり、スキップと必死で走るのとでは、速度に違いがある。どんどんと差が開いていく。角をいくつか曲がり、遠回りして、おじさんから俺の姿が見えないうちに、急いで家に飛びこむ。

なんとか逃げ切れた……。

玄関の鍵をしめたとたん、どっと汗が出て、俺はドアに寄りかかり、ずるずるとその場に腰をおろした。

三　追跡

日曜日の朝、コウジから電話が入るまで、俺は約束をすっかりと忘れ去っていた。

「昼飯もよければいっしょにどうかなって」

コウジの家に、十一時半に到着する予定を立てて、十一時すぎに自宅を出た。

いつもの登校経路をたどり、途中で磯のほうへ向かう。キャンプ場へ行く道だと聞いていた。うろおぼえだったがなんとかなったらしく、玄関先の階段の上に立っていたコウジが、俺に気が付いて手を振ってくれる。応えて片手をあげ、気恥ずかしくてうつむきがちに距離を詰める。

そのさなかだ。右手の脇道から、黒い影が近づいてくるのが見えた。なんだろう。振り向いて確認してみて、俺は総毛だった。

たたん……、ととん……、たたん……。

じゃんけんおじさんがゆったりとスキップしながら、こちらにやってきていた。たぶん、気付かないふりをすれば、見つからなかったと思う。でも、そんなの、後の祭りだ。恐ろしくて、じっと見つめてしまった。

目が、はっきりと合った。

じゃんけんおじさんは俺をみとめると、大きく口を開け、歯ぐきまでむき出して笑った。スキップが早くなる。

俺は、一瞬遅れて猛ダッシュした。どうせ、またスキップしてるんだろう。このままコウジの家に逃げこめば……。

「うわぁあああぁぁ、待ってえええ！」

大音声にぎょっとする。振りかえると、じゃんけんおじさんは腕をめちゃくちゃに振りまわして叫びながら、猛然と俺を追いかけてきている！

「マジでマジでマジでっ？」

俺はパニックになって、懸命にコウジの家を目指した。門のかんぬきにとりついて、がちゃがちゃ揺らしたが、思うようにならない。コウジがあわてて手伝ってくれようとしたが、もう、おじさんはすぐそこまで迫っていた。

「待ってえ！」

諦めて、ふたたび走る。どうしよう、この先は、磯しかない。土地勘がないせいで、経路がぜんぜん思い浮かばなかった。どんづまりのキャンプ場まで行ったら、逃げ場がなくなってしまう。どこかで……、どこかで曲がって、別の道に行かないと。

キャンプ場を囲む道路は、ごく浅い小川の向こうにある。夏場は川へ下りて水遊びもできそうなほど、小川へ下りる斜面はゆるやかだ。キャンプ場へは、手すりもないコンクリート製の古い橋がかかっているだけだ。

俺は橋の手前で左に折れた。一本裏の道を戻って、もう一度、コウジの家を目指す。否、目指そうとした時だった。

自転車が俺たちを追ってやってくる音が聞こえた。俺とじゃんけんおじさんのあいだに割りこみ、橋と俺とを背にして、ブレーキ音とともに自転車を止めたのは、コウジだった。

コウジは自転車を飛び降りざま、怒鳴った。

「おじさん、オレとじゃんけんしよう！」

勝負を呼びかけながらも、コウジはさりげなく立ち位置を変え、俺がおじさんの死角に入るように誘導してくれる。

おまえはどこの正義の味方だよ！　ありがたいっ、助かった！

俺はじりじりと後ずさりし、一本裏の道へ逃げこんだ、と見せかけて、川辺へと下りた。身をかがめて、そっと橋の下へ隠れる。

川のせせらぎが近いせいで、コウジたちの勝負の結果は聞こえなかった。じゃんけんおじさんの足音も分からない。

コウジは無事だろうか。不安で胸がいっぱいになりながら、俺はその場を動けずにいた。

――何分くらい経っただろう。

腕も足も蚊に食われ、かゆみを我慢していると、橋を渡った先キャンプ場のすぐ脇に動くものが見えた。

コウジだ。無事だったのか！　自転車の前カゴには、戦利品とおぼしきミルクチョコレートの箱が見える。コウジは有刺鉄線の中をのぞきこんだり、きょろきょろしたりと、何かを探している様子だ。……ひょっとして、俺を探してる？

「コウジ！」

呼びかける。聞こえないらしい。俺は靴が濡れるのも気にせず、ざぶざぶと小川を渡り、土手を這い上がった。

「おい、コウジ、こっち！」

やっと聞こえたのか、コウジは俺を見て、安心したようだった。

「よかった。なかなかウチに来ないから、じゃんけんおじさんに捕まっちゃったのかと思ったよ」

「悪い。隠れてたから状況が分かんなくて」

言い訳しながら、二人で橋を渡って、コウジの家に向かおうと歩きだした、まさにそのタイミングだった。

たたん。ととん。

どこからか聞こえた音に、俺は足を止めた。コウジも、いぶかしげな顔になる。

たたん、ととん、たたっ、ととっ。

近づいてくる。足音が大きくなる。

俺はきびすを返した。キャンプ場のほうへ戻る。コウジも自転車を橋の上にとめて、こっちへ来た。

「どうするんだよ」

「隠れるに決まってんだろが！」

ささやき返し、有刺鉄線の破れ目を見つけて、場内へ滑りこむ。コウジは迷ったようだったが、俺に続いて中へ入った。

キャンプ場の中は、想像していたとおり、廃墟群となっていた。うっそうと茂った木立の奥では、柱で支えられたキノコみたいなコテージが腐って倒壊している。バーベキュー場の四阿の屋根はほとんど抜け落ち、無残なありさまだった。手近にあった管理棟らしきログハウスは、さすがに苔むしているが、現役時代とさほど変わらない様子だ。これなら隠れられるだろう。

俺は、敷地の外から見えないようにと、急いでログハウスの陰に入った。

ここまで来れば、めったなことでは外に声も漏れないはずだ。でも、橋の下より蚊に襲われそうだな。考えていると、コウジがつぶやいた。

「じゃんけんおじさんは、子どもに菓子さえ渡せれば満足するはずなんだけど」

「でも、現に俺は追われてる」

「親父が言ってたんだ。間違いないよ」

二言目には親父親父。コウジの判断基準は、そればっかりだ。呆れたが、コウジは俺の態度には気が付かないようだった。

「親父も小さい頃によく駄菓子買ってもらったって言ってたよ。柳井先生から聞いた話をしたら、駄菓子屋のおばちゃんのことも懐かしんでた。日曜日のじゃんけんは知らないって。きっと、跡を継いだ嫁さんがはじめたんだろうって」

へえ、と素っ気なくあいづちを打とうとして、俺は違和感をおぼえた。

「なぁ、親父さんって、柳井先生と同じくらいの年齢？　超若くねえ？」

「そんなワケないだろ。五十五だよ」

ちょっと待った。俺はそこにきて初めて、違和感の原因に思いいたった。

「三十六歳の柳井先生が言ってたのと、五十五歳の親父さんが言ってたのが同じおじさんだとしたらさ、どんなに若く見積もっても、じゃんけんおじさんって、七十歳超えてねえ?あのひと、俺には五十歳くらいに見えるんだけど」

「……じゃあ、あれ、だれだよ」

コウジがぽつりと言う。しんとした廃墟の中に、声が通っていく。

俺はだんだんと、うすら寒い気持ちになった。そうだ、他にもおかしなことはあるじゃないか。なんで気が付かなかったんだろう。

柳井先生は、じゃんけんに負けた時のペナルティの話なんか、しなかったのだ。

きっと、もっと他にも――

思考を寸断する音が響いた。

たたん、ととん、たたん、ととん。

俺は息を殺した。隣で、コウジががたがたと震えだした。それを押さえつける。

たたん、ととん、たたん、ととん、たたん、ととん……

じゃんけんおじさんが、俺たちのいるログハウスのすぐ脇を通って、奥のコテージのある辺りまでスキップしていく。

さいわい、気付かれはしなかったが、振りかえられたら、一巻の終わりだ。

——今のうちに。

俺はコウジの腕を引き、じゃんけんおじさんがさっき通ったのとは反対の側面に隠れた。向こうが整備された道だから、こっちの裏側は通らないと思いたい。

身を潜めるために、二人でしゃがみこむ。俺はそうしながら、出入り口の有刺鉄線の破れ目との距離を目算した。

そうして、舌打ちしたくなった。

そうか、俺、靴濡れてたんだ。あんなにくっきり足跡がある。それに、コウジの自転車も目立つところに止めたままだ。おまけに、戦利品のチョコレートまで残して。

キャンプ場の中にいますよと言わんばかりの痕跡を残していたことに今さら気が付く。悔やんでも仕方がない。今はなんとかここから逃げださないと。

出口に向かって、這うように身を乗りだした、その時だった。

グチャ

ぐんにゃりと柔らかく、それでいて粘ついた感触があった。てのひらを確かめる。茶色くて生臭い液体と、白い抜け毛がふわふわとくっついている。気味が悪くなりながら、俺は、おそるおそる地面に目をやった。

「……っ」

必死で声を殺す。

猫だった。

首を切られた三毛猫が、すぐそこに転がっていた。

小さな頭は死骸のそばに並べてある。目元には、特徴的なハート型の黒ぶちがあった。

――みぃくん！

歯の根があわない。がちがち言うのを、ぐっとこらえる。コウジが俺の様子に気が付いて、それから、みぃくんを、見つけた。見つけて、しまった。

絶叫！

俺はあわててコウジの口を押さえたが、一歩遅かった。

ぴたり。足音がやんだ。

見つかった。まだ、分からない。逃げるべきだ。一刻も早くここから出ていこう。今動かないほうがいい。

頭の中で押し問答をくりかえしながら、俺は息をおさえる。はっ、はっ、はっ、はっ。自分の喉がうるさい。コウジがもがく。羽交い締めにして、口を覆い続ける。

スキップの音は止まったきりだ。沈黙が長引けば長引くほど、緊張感は緩むどころか高まっていく。

いっ、いちかばちかだ、逃げよう！

覚悟を決めた瞬間だった。

「う、……うぉえっ」

コウジの喉から、ごぼっと異音がもれた。

吐いたのだ。俺の手についていたみぃくんの体液にまみれた顔が、涙と苦悶にゆがむ。

耳が痛いくらいの静寂がキャンプ場に満ちている。だが、コウジはこらえきれずに嘔吐し続ける。

俺はバッと、身を翻した。

——悪い、コウジ！

心の中で謝って、破れ目に飛びこもうと、物陰を飛びだす。そうして、一目散に逃げる、はずだったのだ。

俺は、呆然と、視界をさえぎった作業着の腹を見た。悲鳴をあげることもできなくなって、腰をぬかした。

じゃんけんおじさんは、満面の笑みを浮かべ、ゆらゆらっと頭をゆらす。

「ザンネンでしたァ！」

俺の頭上で、甲高い声とともに振りかぶられた大鎌の先が、木漏れ日に光っていた。

夢魔

相沢泉見

あれは僕がまだ大学生だった頃。

当時一番仲が良かったのは、同じ経済学部に属していたS君だ。

僕は親元を離れてキャンパスのあるX市で一人暮らしをしていたが、S君はそのX市に実家があり、自宅から大学に通っていた。

そんなS君が「うちに泊まりに来ないか？」と言ってきたのは、大学三年の夏のこと。

S君とは一年の頃から親しく、よくX市中心部のちっぽけな繁華街に飲みに行ったりしたが、酔って夜明かしをするのはもっぱら僕の狭いワンルームだった。

「親と一緒に暮らしていると、バカ騒ぎができないからな」とS君はよく言っていた。

何か他人を家に呼びにくい事情があるのかと思い、詳しく聞かずにいたのだが、そんなS君が自ら僕を招きたいと言う。しかも、泊まりで。

なぜS君が急にこんなことを言い出したのかが分からず、僕はそのことを彼にストレートに尋ねた。

するとS君は、トレードマークである明るい表情を曇らせ、ふと厳しい顔つきになった。

「俺、夢遊病かもしれないんだ」

一瞬、S君がなんと言ったのか分からなかった。僕は首を傾げつつ尋ねた。

「夢遊病……？　ってあの、眠っているのに起きてるみたいに動き回るっていう、あの夢遊病のことか？」

「ああ。医学的に正確な病名は〈睡眠時遊行症〉って言うらしい。睡眠障害の一種だな」

S君は専門用語をすらすらと答えた。おそらく僕に切り出す前に自分でもかなり勉強したのだろう。

彼の表情はとても深刻かつ真剣だった。どうやら気合いを入れて話を聞かなくてはいけないようだ。

その時、僕とS君は学食の前で立ち話をしていた。

じっくり落ち着いて話をするために、僕たちは学食に入り、一番端にある二人掛けのテーブルに腰を据える。

「夢遊病って、寝ている間に起きることだろう？　自覚は難しいと思うんだけど、もう決定的なのかな？」

僕が声をひそめて訊くと、S君は厳しい顔つきのまま頷いた。

「決定的だと思う。もちろん、俺は症状が出ている間眠っているわけだから、何をしたかは分からない。だけど……俺が〈何かをしたであろう痕跡〉が、朝、残ってるんだ」

「痕跡……？」

「なんとなく自分の身体がおかしいと思ったのは数か月前だ。八時間以上は寝てるはずなのに、起きた時に身体が疲れ切っているというか、ろくに寝た気がしない日が続いた。最初は単なる疲れだと思ったんだ。……だけど三週間前に、決定的な出来事があった」

S君はそこで一旦言葉を切ると、溜息を吐いた。

しばらく黙ったあと、ますます険しい顔つきになり、重たそうに口を開いた。

「枕元に、カラスの首が落ちてた」

「えっ……？」

「胴体のほうはベッドの下に転がってた。カラスの身体は無理やりねじ切ったみたいに無残に引きちぎられていたよ。部屋の中には真っ黒い羽根があっちこっちに散らばっててな。そのうち一枚を、俺自身が握り締めてた」

それはあまりに異様な話だった。僕は大声を上げそうになり、慌てて自分の口を塞いだ。

S君の表情が、苦しそうに歪む。

「エアコンをつけて寝たのに、俺の身体は汗だくで、寝ていたはずなのにまるでマラソンでもしたあとみたいにぐったり疲れてた。それで確信したよ。カラスの首をちぎったのは俺だ。俺が、夢を見ながらそんな残酷なことをしたんだ！」

「そんな、まさか！　何かの間違いだろう？」

僕はすぐさま否定した。

人見知りで「少し暗い」と他人に言われる僕と違って、S君は明るく陽気で面倒見のいい奴だ。そんな彼が、夢遊病状態とはいえ、小動物をどうこうするなんてにわかには信じがたい。

しかしS君は、僕の否定を否定した。

「いや、俺がやったんだよ。それも一度だけじゃない。同じことが何度も続いてるんだ。カラスだったり、野鼠だったり、なんだか良く分からない小動物の死体が、朝、枕元に転がってる。羽根や手足をもがれた状態でな。そして俺の手には、動物たちの体毛や血痕が、こびりついているんだ」

S君の口から淡々と語られる情景は僕の心の中に冷たく広がり、背筋を寒くさせた。

気が付くと、学生たちが賑やかに笑い合う学食の中で、僕たちのテーブルだけがしんと静まり返っていた。

僕とS君は向かい合いながら、互いに俯いていた。

重苦しい時間が無限に続くと思われた矢先。どん底まで沈みかけた空気を振り払うように、S君が先に顔を上げた。

「このままじゃ駄目だと思う。だから俺、病院に行ってみようと思ってるんだ」

S君はすでに、絶望状態のさらに先を見据えていた。その言葉はまるで、暗く閉ざされた部屋を照らす一筋の明かりのように思えた。僕は一も二もなくその提案に飛びついた。

「ああ、病院か。うん、それはいいね!」

今はこういう精神的な病の研究がだいぶ進んでいるはずだ。S君の言う通り、専門家に診てもらうのがてっとり早い。

未知の病に襲われても、すぐにこういう合理的な考え方ができるところがS君のすごいところだ。僕ならいつまでもうじうじと悩んでいただろう。

「だからさ、お前、俺の家に泊まりに来てくれないか?」

ここでS君は、一番はじめに言ったことを繰り返してきた。

「病院に行くならどんな症状が出るのかはっきりさせたほうがいいだろ? だから、お前に一晩泊まってもらって、俺が寝てるところを監視しててほしいんだよ」

ようやく、S君が僕を誘う理由がはっきりした。だが、まだ疑問はある。

「事情は分かった。だけど他ならぬ病気のことだし、僕でいいのかな。親御さんは君の身体のことを知ってるのか？」

「……いや、知らない」

S君は気まずそうに視線を泳がせてから呟いた。

「どうして？　知らせたほうがいいと思うよ」

「うち、親父が海外に単身赴任中で、今家にはお袋しかいないんだ。お袋には余計な心配かけたくない。……とりあえず一度医者にかかって、はっきりしたことを聞いてから報告するよ。治療法とか分かってから言うほうがいいと思うしな」

「なるほど……」

S君は内気な僕にいつも気さくに声を掛け、仲間たちの輪の中に入れてくれた。それで僕の学生生活は大いに彩られている。

要するに、S君は僕をいつも助けてくれているんだ。そんなS君に何か恩返しできることがあれば、是非ともしたい。

僕は一つ大きく頷いて見せた。

「分かった。そういうことなら泊まりに行くよ。日程はどうする？」

学食で事情を聞いてから数日後の日曜日、僕はS君の自宅に泊まりにいった。

夕方、X市の外れにある瀟洒な一戸建てを訪ねると、S君とS君の母親が出迎えてくれた。

S君の母親は小柄で線が細く、口数の少ない人だったが、静かに微笑みながら精一杯僕をもてなしてくれた。

夕飯はそのS君の母親の手作りだ。一人暮らしで家庭料理に飢えていたことを差っ引いても、どれも素晴らしくおいしかったし、料理オンチの僕でも分かるほど手の込んだものばかりだった。テーブルに乗り切らないほど並べられた料理を囲み、僕たちはしばし和やかな時を過ごした。

夕食のあとはリビングの大きなテレビでコメディー映画のDVDを見て談笑し、夜の十一時を回ったところで、S君と僕は立て続けに風呂に入った。

風呂から上がると、S君の母親が僕たちのために酒とつまみを用意してくれていた。それを持って、二階のS君の部屋へ上がることにする。

「じゃ、お袋。俺たち部屋に引っ込むよ。グラスとか皿の片付けは適当にやるから、お袋は好きな時間に寝てくれ」

そう言って身を翻したS君に続いて、僕も二階に足を向ける。

途中で一旦振り返ると、S君の母親は最後までにこにこしながら僕らを見送ってくれていた。

S君の部屋は十帖ほどの洋間で、ほど良く片付き、ほど良く散らかっていた。

ベッドと机の間の床に、真新しいカバーが掛かった来客用の布団が一揃い置いてあった。これもS君の母親が用意しておいてくれたものだろう。

僕らは空いている床に晩酌セットの載ったお盆を直置きし、自らも床に座り込んでグラスを取った。

「これ、高いウイスキーなんだぜ。お袋のツテで取り寄せてるんだ。家で飲む時は毎日これだよ。飲んでみろ。ちょっと変わった味だけど、美味いから」

「へー、そうなんだ」

確かにちょっと変わった酒だった。一口目に微かに苦みがくるが、全体的に口当たりがいい。

「……お袋はさ、苦労人なんだよ」

琥珀色の液体をぐいぐいと飲みながら、S君は話しだした。僕はあまり酒に強くないので、ちびちびとグラスの端を舐めつつ聞くことにする。

「俺たちはもともと親父の両親と同居しててさ。俺が幼稚園の頃にまず、じいさんのほうが寝たきりになった。お袋はそんなじいさんをずっと介護してた。じいさんの介護は、十年くらい続いたかな」

「十年か。それはずいぶん長いこと大変だったんだなぁ」

「だろ？　自分の祖父にこんなこと言うのアレだけどさ、じいさんが死んだ時は『やっとか』って思ったんだ。それでようやくお袋が解放されると思ったら、今度はばあさんのほうが寝込んだ」

「おばあさんも?!　病気にでもなったのか？」

「身体のほうは何ともなかったんだけど、ココがな」

S君は自分の頭をトントンと指さした。

「幻覚が見えるとか、変な声が聞こえるとか、おかしなこと言いだしてさ。日に日に弱って……多分じいさんが死んだせいだろう。それでまた、お袋が看病というか介護というか、ずっとつきっきりになった。親父は単身赴任ばっかで家にいないし、俺は学校があるから手伝いにも限界があるし、お袋は一人で本当に大変だったと思う。そのばあさんが死んだのは、去年のことだ」

「去年って、最近じゃないか」

S君のこんな事情を、僕はほとんど知らなかった。友達なのに。

おそらく周りに余計な気を遣わせたくなくて、S君はあえて家庭の事情を言わなかったんだろう。そういう優しさと強さを持った奴だ。

「ばあさんが死んだ時、お袋はかなり落ち込んでた。『おばあちゃんに、もっとしてあげられることがあったんじゃないか』ってな」

「いや、君のお母さんはすごいよ。立て続けに二人も介護するなんてなかなかできない。立派なことを成し遂げたと思う」

僕がそう言うと、S君も頷いた。

「俺も同意見だ。けど、お袋は毎日沈んでた。それが最近、ようやくまた笑うようになったんだ。……俺はもう、余計なことでお袋を患わせたくない」

「そうか。だから夢遊病のことを話してないんだね」

「まぁな」

S君の、母親をいたわる気持ちがひしひしと伝わってきた。こういう心根のまっすぐさこそ、彼のいちばんの魅力だと思う。

「とりあえずそんなわけだ。うちの事情のせいで、今日はお前に面倒をかけて悪いな」

申し訳なさそうに言うS君に、僕は慌てて首を横に振って見せた。

「いや、そんな。全然たいしたことないよ！」

そのあと、ウイスキー片手に他愛もない話で一時間ほど盛り上がったところでS君が舟をこぎ始めた。S君は僕の倍は飲んでいる。

何とか彼をベッドに押し込み、僕は一度階下に降りた。晩酌のグラスを洗い、歯磨きを済ませてから部屋に戻って来客用の布団を敷く。

僕の役目は、寝ているS君の監視だ。夜通し起きて、S君が寝ながら何をしているのかを見極めなければならない。

それは分かっていたはずなのに、布団の上でいつの間にかウトウトしていた。

僕はどちらかと言えば宵っ張りで、ゲームをしながら徹夜したことが何度もある。なのに、今日は何だか猛烈に眠かった。

なんでだろう。なんでこんなに、眠いんだ……？

答えが出る前に、僕は緩やかな眠りの海の中にゆっくりと沈んでいった。

――……メ。……クるシメ。

――……シメ……。病メ。


微かな声が僕の鼓膜を震わせ、眠りを打ち破った。

低い、獣が唸るような声だ。

僕はうっすらと目を開けて、まず見慣れない天井に戸惑った。すぐにここはS君の家だと気が付き、次に大事な使命を思い出す。

……そうだ。僕はS君の監視をしなければいけなかったんだ。

蛍光灯は消えていたが常夜灯が点いていて、部屋の中は薄暗かった。僕は視線を横にずらし、S君のベッドを仰ぎ見る。

次の瞬間、目を見張った。

S君の上に、何かが覆いかぶさっている。

何かが――誰かが……。


「……クるシメ。病メ……」

小柄で線の細い〈何か〉が、S君の上に四つん這いになって、唸っていた。
まるで、飢えた狼が獲物を押し倒しているように。

「病メ、苦シメ。……病メ、苦シメ」

その声は、地獄の底から響いているかのようにひどく低かった。
やがて、僕は獣のように唸るものの〈正体〉を認識した。
唸っているのは――S君の母親だった。
S君の母親が、息子の上に這いつくばり、悪魔の声を発している……！

「病メ。苦シメ。……病メエェーーー！」

唸りながら、S君の母親は何かを握っていた。
暗闇に溶け込むように黒くて、艶やかな羽を持つ何か――カラスだ。
僕は声一つあげられずに、ただ目を見開いてその光景を見ていた。
S君の母親の眼が、闇の中でぎらりと光る。その青白い顔はきつく歪み、ところどころに血管が浮き出て凄まじい形相になっていた。

さっき一緒に食卓を囲んだ、あの優しい女性とは別人だった。

これは人じゃない。般若だ。……鬼だ。


——ぶちぶちぶちっ。


無残な音を立てて、般若がカラスの身体を二つに引き裂いた。

黒い羽根がばさばさと宙を舞う。その一枚が、僕のすぐそばに……。

「……ひっ！」

息を呑んだ拍子に、僕の喉から引きつった悲鳴が絞り出された。

その途端、S君の上に這いつくばっていた身体がピタリと硬直する。

やがて、歪んだ顔がぐぐぐぐっと僕のほうを向いた。

「あんた……なんで……寝てないのよオォォー」

その顔はやはり、紛れもなくS君の母親だった。だが、ぎょろぎょろと血走った眼で僕を見て、ぺろりと舌なめずりをするその様は、もはや人間のそれとは思えない。

「なんで、寝てないのよォォォォォ！」

人間離れした『それ』は、鬼のような顔で獣のように吠え、S君の身体から飛びのくように離れた。

そのまま這うような奇妙な動きで、僕に突進してくる。

「うわっ！」

横になっていた僕は逃げる間もなく、あっという間に上に圧し掛かられた。

僕の顔のすぐ上に、奇妙に歪んだS君の母親の顔が迫る。

「何で寝てないのよオォォ。ちゃんとお酒を……クスリを飲まなかったわねエェェェ！」

酒？　薬？　一体なんのことだ！　何を言ってるんだ?!

パニックに陥りながら、僕は何とかS君の母親から逃れようと身を捩った。

しかし、骨ばった手が僕の頭を鷲掴みにする。

「邪魔しないでよオォォー。あたしの邪魔、しないでよオォォォーーーー！」

拘束された僕の頭がギリギリと布団に押し付けられた。小柄な体からは想像もできないほど凄まじい力だ。

そのままの体勢で、S君の母親は僕の耳元に唇を近づけた。

「今見たことは忘れてしまいなさい。……いい、忘れるのよ。そうすれば、あなたには何もしない」

僕は頭を押し付けられながら、眼球を目一杯横に動かした。

視界の片隅に、辛うじて青白い顔が映る。

「もし邪魔しようとしたら、その時は……」

この世のものとは思えない禍々しいものが、血走った眼で僕を睨んでいた。

そこで、僕は気を失った。


翌朝。

目を覚ますと既に明るくなっており、S君のベッドはもぬけの殻になっていた。

慌てて階下に降りていくと、リビングに入ったところで横から声を掛けられた。

「おはよう。よく眠れたかしら」

声のした方を振り返ると、そこにはS君の母親がいた。夕べの衝撃が蘇り、僕はその場に凍りつく。

……が、S君の母親はただ微笑んでいるだけだった。その顔には、恐ろしい形相など欠片も見えない。

「よう！　おはよう！」

ソファーに座っていたS君も、立ち上がって声を掛けてきた。

リビングの中には爽やかな朝の光景が広がっていた。夕べのあの出来事が、まるで嘘のように……。

S君は立ちつくす僕の袖を軽く引っ張り、母親に聞こえないように耳元に口を寄せて囁いた。

「夕べは俺、夢遊病にならなかったみたいだ。ベッドの周りには何もなかったし、これといって特に変わった様子もない」

「そ、そうなのか？」

「ああ。お前がいたから安心してぐっすり寝ちまったのかもな。……しばらく様子を見ることにするよ。手間取らせて悪かった」

「……いや、別に、いいけど」

S君があまりにも明るく笑うので「本当に何もなかったのか？」とは訊けなかった。

微妙な姿勢で固まっている僕を見て、S君は苦笑した。

「何だよ、まだ寝ぼけてんのか？　しっかりしろ。今日は月曜だから二限から講義だろ。そろそろ支度しないと遅刻だぞ。顔洗ってこい」

「うん……」

言われるままに、僕は洗面所へ足を運んだ。

洗面台についている鏡に映った自分の顔が、ひどく疲れているように見える。

——おかしい。

夕べ僕は、S君の母親の奇行をこの目で見た。部屋の中にはカラスの羽根が飛び散っていたはずだ。だが、S君は異常はなかったという。

もしかして……夕べのことは全て夢だったのだろうか。般若のような顔をして、呪詛のような言葉を吐いていたS君の母親は、僕の妄想だったのだろうか……。

そんなことをぼんやりと考えながら蛇口をひねり、水を両手ですくって顔を洗う。

頭がしゃっきりとしたところで、目を閉じたまま傍らのタオルを取り、水分を拭って顔を上げた。

「……ひっ！」

鏡の中に、般若の顔があった。

すぐ横に、凄まじい形相をしたS君の母親が立っている。

僕は息を呑んだまま鏡を見つめることしかできなかった。手にしたタオルが、バサリと床に落ちる。

S君の母親は血走った目を少し細めて薄笑いを浮かべると、真っ赤な舌でぺろりと自分の唇を舐めた。

「……おじいちゃんも、おばあちゃんも、あたしがいないと生きていけなかった。あたしがあの人たちを生かしていたのよ。……だからあの子も、あたしがずっと、看病してあげるの」

僕の耳元で、ねっとりとした声がする。生暖かい息が耳朶を掠める。

「余計なことはしないで。あたしの邪魔をしないで。……いいわね」

鏡の中の般若は、今までで一番凄まじい表情をしていた。

鏡に映った人ならざるものを見つめて、僕はただその場に凍りつくことしかできなかった。

＊

やがて気が付くと、僕は洗面所で一人佇んでいた。

リビングから、S君の楽し気な笑い声が響いていた。

S君が大学を辞めたのはそれから二か月後のことだ。

なんでも、急に体調を悪くして寝たきりになったのだという。

僕は何度かS君の携帯電話にメールを送ったが、返事が来ることはなかった。そのうち携帯電話が解約されたようで、メールを送ることさえできなくなってしまった。

直接S君の家を訪ねることもできたが、それはしなかった。

あの日のことが……S君の母親の般若のような表情が、どうしても僕の足を止めていた。

そうこうしているうちに僕は大学を卒業した。実家のほうの企業に就職したために、X市からは足が遠のいた。

卒業して就職して、学生時代はどんどん遠ざかっている。

それでもたまに、僕はS君について考える。

S君は今、どうしているのだろう。そして、彼の母親は……。

――病メ、苦シメ、病メ。

S君の母親が呪詛のように繰り返していた言葉や唸り声は、いまだに僕の耳の奥に残っている。

この世のものとは思えない恐ろしい形相で、寝ている息子の身体に覆いかぶさっていた異様な姿は、ずっと脳裏にこびりついたままだ。

S君は、自分が夢遊病にかかり、残虐な行為をしているかもしれないと本気で悩んでいた。精神的に追い詰められていた。本当に病んでしまいそうなほどに。

だが、S君を陥れていたのは、彼の母親だ。

寝ている時も人の声は多少届くという。枕元で囁かれた呪詛は知らぬ間にS君の心を蝕んでいた。小動物の死骸を使うことで、精神汚染はさらに進んだはずだ。

S君の母親は、S君を……。

「ねぇ、どうしたの？　なに深刻な顔してるの？」

僕の思考を断ち切ったのは、柔らかで優しい声だった。

俯きがちだった顔を上げると、目の前に妻が立っていた。

就職してからしばらくして、僕は同じ会社の後輩と結婚した。去年子供が生まれたのを潮に妻は専業主婦となり、今では家のことと育児をすべてやってもらっている。

「……何でもない。それより、熱は引いたのか？」

僕はリビングと寝室を仕切る引き戸のほうを見ながら妻に訊いた。実は一歳になる子供が昨日から熱を出し、寝室のベビーベッドで寝ている。

「まだ、少し微熱が残ってるわ。薬を飲んで、よく眠ってるところよ」

妻も寝室のほうを見つめた。その表情は聖母のように慈愛に満ちている。

時折見せる妻のこんな顔が、僕は大好きだ。

「そうか。微熱程度なら、そろそろ治りそうだな。君も無理するなよ」

子供が寝付いてから、妻はろくに睡眠もとらず、かかりきりで看病をしている。子供も心配だが妻の身体も心配で、僕は思わずそう言った。

「私は大丈夫よ。治りかけが一番肝心なの。もう一息、頑張らないと」

妻は、そんなこと何でもないというようにきっぱり首を振った。

そして、ちろりと唇を舐めてから、ゆっくりと囁いた。


「私がいないと、あの子は生きていけないんだから……」

誰が死んだ

oomori

おかあさん、おそい！

もう、つどいに遅れるよ！

「ごめんね！」

「わたし、準備手伝わなきゃなんないんだから」

「わたしだってそうよ」

「だから早くしてって」

「行こう、行こう」

行こう、行こうじゃないよ……。

ほんっとに、最近すっかりのんびり屋なんだから。

昔はすごい、いつもイライラしてたもんなぁ。

ホントに、日昇様のおかげで、おかあさん、おだやかになった。

……わたしもかもしれない。

日昇様のありがたいお話と、手かざしのおかげで、みんな幸せに暮らすことができる。

だからこうして毎週日曜、強制でもなんでもないのに、つどいに足が向く。

とくに若いわたしは、最近大事な仕事を手伝うことも増えてきた。

日昇様のお近くにいて、お声をかけていただくことも増えた。

前なら考えられなかったなぁ。

つどいに集まる人たち。

みんなつらい経験をして、イヤな思いをして、この場所で救われた人たち。

「ミンちゃん！」

「千景さん、こんにちは」

千景さん。いつもキレイ。

日昇様の実のお嬢さん。っていっても、わたしよりずっと年上だけど。

「ミンちゃん。今日もつどいのあと、手かざしのお手伝い、お願いできる？」

「大丈夫です。もちろん」

おかあさんも嬉しそうにうなずいてる。

手かざしのお手伝いなんて、これ以上に光栄なことないよ！

最近お手伝いさせてもらってる。毎回ワクワクする！

集まったみなさん全員でのつどいでも、日昇様は全員に向かって手かざしをしてくださる。

でも、つどいのあとの手かざしは、治療だ。

ガン、白血病、半身不随、白内障、原因不明のしびれ、なんでも、どんな病気でも、必ず良くなるから！

傷口なんてあっというまに元に戻るし！

この奇跡を目の当たりにしたら、手かざしをお手伝いできるのがどれだけ光栄なことか、もう言葉じゃ言い表せない。

今日も、つどいが終わったら、奥の部屋で手かざし治療が始まる。

今日は三人の方＋一人、とのこと。

この＋一の方は、もうしばらく寝たきり。

星さん。わたしより十くらい上の女性。

まだ若いのに、たちの悪い霊にとりつかれてる。

だから、一番奥の部屋で日昇様が預かっている。

そして、日々手かざしをして、憑き物と闘っておられる。

日昇様が毎日手かざししてるから、まだ、今の状態が保たれてるんだよね。

病院なんかに入れたら、きっと一晩ももたない。すぐに殺される。
手かざしが始まった。
わたしは千景さんと二人で、仰向けになった患者さんの体の上に真っ白な布をかける。
清められた布の上から、日照様が手かざしされる。
ひととおり、全身の手かざしが終わる。
次の人が通される。そしてまた一人。
三人の方への手かざしが終わる。
みんな嬉しそうに帰ってくなぁ。
あの笑顔を見るのがシアワセ。
日昇様も嬉しそう。
みんなが奥の間に向かう。わたしもついていく。
あれ？　奥の間にいつのまにか鍵がかかってる。
千景さんが鍵を開けて、みんな入る。
「星さん、日昇様がおいでになりましたよ」
千景さんの優しい声。
でも、その声の優しい響きと、寝ている星さんの表情とのあまりのギャップに、わたしは血の気が引く。
一週間前、わたしが最後に見た時の星さんとは、もう様子が全然違った。
肌全体がくすんで、黒ずんで、生気が今にも尽きそうな感じ……。
苦しそうにゼーゼー息してる。
これ、ヤバイんじゃない？
……ゴクッ。
つばを飲み込む。
こわ……。
死が……本当の死が……。
近づいてる……　すぐそこまで……。
日昇様を見る。
笑ってない！
日昇様が笑ってない……。
日昇様が、困ったような、とまどったような顔をしてる……。
ほかのみなさんの表情もかたい……。
いつもは、こんなことないのに。

日昇様の奥様も、千景さんも、みんななんか……

星さんの上に布をかける。

薄い布さえ重いんじゃないかってくらい、苦しそうな顔……。

星さんへの手かざしは、あっさりと終わった。

布を取る。

苦しそうな息づかいを、聞いているのがつらい。

みんなといっしょにまた、奥の部屋を出た。

千景さんがまた鍵をかけた。

日昇様と奥様はご自宅のほうへ戻られる。

わたしは頭を下げて見送る。

「ミンちゃん、星さんは今一番しんどい時なの」

「大丈夫なんですか」

「手ごわい霊障なの、今回のは。でも、きっと大丈夫」

千景さんが、そう言うなら……。

「今を乗り越えればきっと大丈夫。ミンちゃんも力を貸してくれる？」

「わたしなんて、なんにも……」

「いつもどおり、手伝ってくれればいいから」

「やれることは、なんでもやります……」

「ありがと」

優しい千景さんの笑顔が、ちょっと怖かった。


それから一週間が過ぎた。

全体のつどいが終わり、千景さんに呼び止められた。

「ミンちゃん、今日もお手伝いできるよね」

「えっ、手かざしはしばらくお休みって、さっき……」

その時、外に車の停まる音がした。

千景さんが出迎えに行く。

「ご苦労様です。奥にお願いします」

製氷会社の軽トラック。業者の方がたくさんの氷を運び込む。

氷は奥の部屋に運ばれていく。

軽トラックが帰っていき、また千景さんと二人になった。

「星さんの治療で日昇様がすごく霊力を使ったから、ほかのみなさんの手かざしはしばらくお休みなんだけど、星さんにはもう少し手かざしする予定なの」

「あ、分かりました」

星さん、よくなったのかな……。

「星さんね、すごく元気になったの！」

「そうなんですか！　よかったぁ。さすが日昇様ですね！」

「でしょう！　ミンちゃんにも見てもらいたいわ。もう顔色もすごい血色よくなって、体の張りもすっかり戻って」

「それだけ日昇様がお力を使われたら、お休みになるのも当然ですね」

「そうね。もちろん待っている方もたくさんいるから、しばらくしたら再開されると思うけど」

「ご無理なさらないでほしいです。みんなの心のよりどころですから」

「ミンちゃんのその優しい気持ち、きっと日昇様にも伝わってると思う」

「そんなそんな、わたしなんて」

よかった。本当によかった。

千景さんといっしょに一番奥の間に行く。

いつのまにか、さっき運ばれてきた大量の氷がなくなってる。

千景さんが鍵を開けて、二人で中に入る。

「日昇様を呼んでくるから待っててくれる？」


「はい、星さんに布をおかけしておきます」

「うん、お願い」

部屋はひんやり、というよりも寒い、いや寒すぎるくらい。

エアコンがガンガンかかってる。

さっきの大きな氷が、星さんのまわりに置かれてる。

布を持ってきて、星さんの体にかけてあげようと、星さんの顔を見た。

……！

……死んで……る？

……死んでない？

眼球が黒く濁って、くぼんでる。
皮膚が骨に貼りついてる……。
もうカサカサになって、白い粉を吹きはじめてる……
……死んでないの？　これ……。
さっき千景さん、すごく元気になったって……。
どういうこと……？
ぼう然と立ってると、日昇様と千景さんが入ってきた。
「あ、ごめんね、ミンちゃん。いっしょに布かけようか」
声が出ない……。
うなずいて、なんとかお手伝いする。
日昇様が手かざしをする。
全身、足先から、頭まで。
くまなくし終えてから、
「ウン、すごく良くなってる。星さん、もうすっかり良くなったんじゃない？」
と、星さんに語りかけた。
「良くなってるって、星さん。よかったねぇ」

千景さんも無言の星さんに声をかける。

もしかして、星さんは元気なの……かな。

わたしの目が曇ってるだけ？


その次の日曜日も、同じことがくり返された。


そのまた次の日曜も、同じことをした。

星さんはすっかり元気になって、元どおりの健康を取り戻してる。

穏やかに眠ってたり、横になってることも多い。それって、心が安らかになって、気持ちが落ち着いているからなんだよね。

髪も全部抜け落ちたけど、生え変わるっていうのは、体の細胞が元気だって証拠だし。

目はちょっと不自由になったみたいだけど、不治の病から復活できたんだから全然文句ないはず。

よかった。

星さん、元気になって本当よかった。

まだお若いんだし。人生これから、もっと楽しまないと。

つどいに来てる人の中にも、星さんが死んだんじゃないかって噂してる人がいるらしい。

おかあさんがいってたけど。

はっきりいって、そんな人はもうつどいに来なくていい。

おかあさんもちょっとうたがってた。

おかあさんももう来なくていいかも。

誰が死んだっていうの？

誰も死んでないって。

現にわたしは毎週、星さんの元気な顔を見てるし。

今日も、これから日昇様と千景さんといっしょに、星さんと会う。

奥様は最近あまりいらっしゃらないけど。

千景さんがいつものように鍵を開け、三人で中に入る。

いつもどおり、部屋はエアコンで冷えていた。星さんの代謝がよすぎて、熱が出たり、汗をかいちゃうから。

千景さんと二人で白い布をかけ、日昇様が手かざしをする。

「もう、手かざしもいらないんだけどなぁ」

日昇様が冗談ぽく言うので、わたしと千景さんは顔を見合わせて笑う。

「ミンちゃん、今日はね、星さんの特別な日なの」

「え、特別な日……？」

日昇様も笑顔でうなずいてる。

「星さんが生まれ変わって復活する日なの」

「え、生まれ……変わるんですか？」

「そう。その儀式のために、ミンちゃんも手伝ってくれる？」

「え、はい……」

「じゃあ、星さんの隣で、仰向けになって」

言われるまま、仰向けに寝る。

白い布をかけられ、お神酒を振りかけられた。

お酒くさい……

そのあと、初めて日昇様の治療の手かざしをしていただいた。

どこかあたたかいような、本当に癒される……。

全身の手かざしが終わる。

「目を開けなさい」

日昇様の優しくも力強い声がした。

目を開くと、日昇様の顔が見える。

「復活おめでとう。星さん」

横を見る。星さんは……そのまま。

「起き上がってごらん」

今度はわたしに言ったよね。体を起こし、立ち上がる。

「復活した気分はどうですか、星さん」

……わたしに、言ってる？

「よかったぁ、星さん、元気になって！」

千景さんまで、わたしに向かって……。

「わ、わたし……」

日昇様が顔を近づけて、はっきりとわたしに言った。

「あなたがたった今から星さんですよ」

……？

なにを、おっしゃられているのか……

「わ、わたしは……」

「以前のあなたは、アレです」

日昇様が横のミイラを指さす。

「ミンちゃんはこんな姿になっちゃったけど、あなたは今から星さんとして、また新しい人生、新しい命を元気に生きてね！」

千景さんが、力強くわたしに言った。

日昇様も満足そうにうなずいてる。

二人がわたしを祝福する。

わたしを。

わたしは……

冷蔵庫

坂本光陽

私は、結婚しない。絶対にしない。そう、心に決めている。

「まだ二十歳前なのに、何を言っているの？」

「今度、いい男を紹介してあげるって」

「もっと積極的に出会いを求めてみなさいよ」

そんな風に、職場の先輩たちは口を揃える。

ありがとうございます。でも、私の決心は変わりません。

男性は皆、自分勝手な専制君主だ。さわやかな外見や笑顔なんかではだまされない。誰が何と言おうと生涯独身。高校三年の夏に、そう心に誓ったから。

そもそものきっかけは、とてもシンプルである。いわゆる、刷り込みだ。

私は幼い頃から、家庭内暴力を目の当たりにしてきた。ふすまの向こう側で、酒浸りの父が母に暴力をふるうのだ。

父はコンプレックスの塊だった。やせっぽちの小心者だし、普段は無口でおとなしい性格だ。なのに、お酒が入ると、とたんに横暴になる。

聞くに堪えない罵声。茶碗や皿の割れる音。引き裂くような悲鳴。肉を打つにぶい音。ケダモノのような怒号。

小さな両手で耳を押さえていても、聞こえてしまう。音がする度に、身体がビクッと震えた。自分がぶたれたみたいに、ひどく心が痛かった。

母によると、若い頃の父は真面目で誠実だったらしい。

「そうでなかったら、結婚なんかしないわよ。だまされた。本当にだまされた。おまえは絶対にだまされちゃダメよ」

繰り返し聞かされた。これも刷り込みかもしれない。

小学生になると、おそろしいことに、私までぶたれるようになった。父は卑劣だった。顔や手足だと周囲にバレるので、お腹を集中的に殴られた。

最低だ。男は最悪だ。

高校生になると、父の眼つきが変わった。女性らしい身体つきになったせいだろう。着替えや入浴を覗かれたのは、一度や二度ではない。ああ、虫唾（むしず）が走る。父が気持ち悪くて仕方なかった。

最低だ。男は最悪だ。

トイレで用を足している時、ドアを開けられたこともある。すれ違いざまに、お尻をなでられたこともある。これはもう、貞操の危機だった。

私は思い悩んだ末、母に相談した。

「そんなことになったら、刺し違えても絶対に許さない」と、言ってくれた。

父なんか死んでも構わない。むしろ、早く死んでほしい。でも、母が本当に刺し違えたら、母は人殺しになってしまう。貞操は自分で守るしかなさそうだった。

そして、あの狂乱の夜がやってきたのだ。

ひどく蒸し暑くて、なかなか眠れない夜だった。ようやくウトウトしかけた時、身体に激しい痛みが走った。すごく重い。何か大きなものが、私の上にのっている。いや、すさまじい力で抑え込まれているのだ。

乱暴なくせに、私の裸の胸をなでる手だけは妙に優しい。暗くてよく見えないが、息遣いだけ間近に感じた。合わせて、腐ったチーズのような口臭をかいだ。父なのだと気付いて、私はパニックに襲われた。

やめて、やめて、やめて。

やめて、やめて、やめて。

死に物狂いで暴れると、右腕が自由になった。

無我夢中で攻撃に転じた。枕の下に護身用として、カッターナイフを隠しておいたのだ。暗闇の中で握りしめると、叩きつけるように真横に振った。パキンと刃が折れ飛んだ。

ホースで水を放出するような音を聞いた。

しばらくして、おそるおそる灯りを点けると、辺り一面、血の海だった。むせかえるような動物的な臭いに包まれた。

私は悲鳴を上げた。あれほど大きな声を上げたのは、後にも先にも一度きりだ。喉を傷めて、しばらく声を出せなかった。乱暴に掴まれた肩や腕も痛くて仕方なかった。

でも、あの夜のそれ以降の記憶は、ほとんど抜け落ちて、淡くぼんやりとしている。心が壊れないように、脳が記憶を消したのだろうか。今となっては、あれが本当にあったことなのか、正直言って自信がない。

ケダモノは確かに撃退したけれど、とどめを刺してはいないと思う。後始末をした覚えだってない。父の死体はどこに行ったのだろう。

母が代わりにしてくれたのだろうか？　そういえば、母が風呂場で父をバラバラにしたり、庭先に大きな穴を掘って埋めたりしていたような気もする。

母に問いただしてはいない。母は何も言わないし、それを口にすると母を責めるような気がするからだ。

ただ、怖ろしいことが一つある。父が生きている可能性は少ないと思うが、万が一、命をとりとめていたら、いつか舞い戻ってくるかもしれない。そうなったら、悪夢の繰り返しである。

時折、人混みや街角で父を見かけることがある。青白い顔で私のことをジッと凝視しているのだ。背筋が急速に冷えて、鼓動は早鐘のように打つ。

冷静に振り返れば、一瞬のことだし、見間違いだと思う。絶対そうだ。そう信じたい。でも、やはり父は現れる。やせこけて、頬がげっそり、虚ろな眼。まるで、幽霊かゾンビのようだ。包丁で胸を突き刺しても、おそらく一滴の血も出ない。金属バットで頭を打ち砕いても、平気で立ち上がってくるのだろう。

実際に試してみたくなったけど、面倒だし疲れそうなので、結局やめた。

分かっているのだ。私はおかしくなりかけている。あれは、幽霊でもゾンビでもない。私の罪悪感が見せる幻なのだろう。この先、死ぬまで父の幻に脅えるのか。そう思うと、絶望的な気分になってしまう。

あの狂乱の夜から数えて、もうすぐ一年になる。

母と同じ過ちは繰り返さない。だから、私は結婚しない。

母を支えながら生きていくために、手に職もつけた。仕事を終えると、まっすぐに帰宅する。薄暗い玄関のドアを開ける。あの日から、家はとても静かだ。聞こえるのは、ブツブツという呟きだけである。

「母さん、いるの？」

返答はない。さがし回ると、台所に座り込んでいた。

あの日から、母は変わった。元々やせていたのに、さらに体重が減った。口数と笑顔も減った。いつも無表情だし、話しかけても言葉が返ってこない。テレビ番組で言っていたうつ病とか更年期障害だろうか。

「母さん、大丈夫？」

声をかけた私を無視して、母は冷蔵庫に話している。今日はひどく蒸すこと、野菜の特売があったこと、近所で交通事故があったこと。思いつくまま気の向くまま、冷蔵庫に優しく語りかけている。

どうやら、父に対して話しているようだ。あれほど暴力をふるわれて、喧嘩ばかりしていたのに、やはり寂しいのだろうか。我が母ながら、心の中はよく分からない。

母は冷蔵庫を開けて、くすんだ色の小玉スイカを胸に抱きしめた。

いや、違う。小玉スイカではない。あれは生首だ。水気を失って、小さくしぼんでいるけれど、父の生首だ。きっと、よく冷えていることだろう。

よかった、やっぱり死んでいたじゃない。
私は安堵の息を吐き、久しぶりに心から笑うことができた。

赤とか黒とか白とか金とか

純鈍

一年前くらいに体験した、とても恐ろしい出来事について話します。

その当時と言っていいのか分かりませんが、新婚だった私は妻と二人で新しく買ったばかりの一軒家で暮らしていました。

近所の人たちも良い人ばかりで、とても暮らしやすい場所でした。

しかし、ある暑い夏の日の夜に妻から一枚の白い紙を手渡され、私は首を傾げました。

どうやら、誰かからの手紙のようです。

内容はたった一行。


『赤とか黒とか白とか金とか、周りにたくさん』


手書きの文字で、とても綺麗な楷書でした。

封筒には入っていなかったそうです。

妻は「今朝、ポストに入っていた」と言いますが、今朝、私がポストを見に行った時にはありませんでした。

近所の子供が悪戯で入れたのでしょうか。

それとも、近隣の住民の嫌がらせでしょうか。

とりあえず、その日は「明日、様子を見よう」と言って寝ることになりました。


次の日の朝、私はポストを見てギョッとしました。

また、一枚の白い紙が入っていたのです。

二つに折りたたまれたそれを私は恐る恐る広げて、内容を確認しました。


『赤とか黒とか白とか金とか、死んでいく』

それだけでした。

手紙は次の日もポストに入っていました。

『赤とか黒とか白とか金とか、腹を喰う』

妻は気味悪がって、一歩も外に出られなくなりました。
私は休むわけにもいかず、仕事に行きましたが、帰ってきてとても驚きました。
朝だけだと思っていた手紙が夕方にも入るようになったのです。
まるで、何かを早く私たちに伝えたいかのように。

『赤とか黒とか白とか金とか、すくわれた』

これで手紙は三枚になりました。
一体、何枚になれば、この手紙は終わるのか。

それは私にも妻にも分かりませんでした。


『赤とか黒とか白とか金とか、もう遅い』

『赤とか黒とか白とか金とか、喰ってやる』


僅か三日で、手紙の内容は悍ましいものに変わっていきました。

さすがにマズいと思った私はポストが映るように隠しカメラを設置することにしました。

小型な安物ですが、ちゃんと人の顔は分かります。

これ以上のストレスを与えないように妻には内緒にしました。

きっと、これで犯人を特定できる。

そう思いましたが、ちょうど休みで私が家に居たからでしょうか？

それとも、隠しカメラが犯人にバレたのでしょうか？

その日と次の日はポストに手紙が入ることはありませんでした。

妻も少しだけホッとした様子で、その日の夕飯は豪勢なものでした。

次の日の朝、手紙はポストに入っていました。

『赤とか黒とか白とか金とか、喰ってやった』

喰ってやった、とは一体、何のことなのか。
幸いにも私も妻も元気です。

『赤とか黒とか白とか金とか、周りにたくさん』
『赤とか黒とか白とか金とか、死んでいく』
『赤とか黒とか白とか金とか、腹を喰う』
『赤とか黒とか白とか金とか、すくわれた』
『赤とか黒とか白とか金とか、もう遅い』
『赤とか黒とか白とか金とか、喰ってやる』

『赤とか黒とか白とか金とか、喰ってやった』


これだけでは何も分かりません。

私は会社を休んで、自分の部屋で隠しカメラの映像を確認することにしました。


「一体、近所の誰なのか」と思いながら映像を見始めましたが、それは間違いでした。

映像に映っていたのは私の妻でした。

間違いなく、私の妻が明け方に一枚の白い紙をポストに入れていました。

私は驚きのあまり数分間、動けなくなり、パニックになりました。

一緒に暮らしていた妻が、普通に暮らしていたと思っていた妻が、おかしな行動をする意味が分からなかったのです。

とりあえず、妻にバレないように隠しカメラを近所のゴミ箱に捨て、私は「体調が悪いんだ」と言って部屋に篭って考えました。

妻が、そうなってしまった理由を。

最初、妻はそんな人間ではなかったはずです。

妻がポストに手紙を入れ始めた日の記憶に遡り、私は気が付きました。

あの日の前日、私と妻は町会で開かれていた夏祭りに行ったのです。

そこで、妻は金魚すくいをし、赤い金魚を一匹とメダカを三匹、家に連れて帰りました。

そうです。

妻の異変は、ここから始まったのです。

本人に聞く勇気は無かったので、これは私の仮説ですが、『赤とか黒とか白とか金とか』とは金魚やメダカの色、後ろに続く言葉は彼らが体験したことではないでしょうか。

『赤とか黒とか白とか金とか、周りにたくさん』

あの屋台では、多きな四角いプラスチックの容器の中に金魚やメダカがたくさん入れられていました。

『赤とか黒とか白とか金とか、死んでいく』
『赤とか黒とか白とか金とか、腹を喰う』
弱いものから死んでいき、腹を空かせた他の金魚やメダカが共喰いをする。
なぜか、皆、腹から喰っていくのです。
『赤とか黒とか白とか金とか、救われた』
妻が一匹の赤い金魚と三匹のメタガを救いました。
『赤とか黒とか白とか金とか、もう遅い』
きっと、救われたのが遅いと言いたかったのでしょう。
『赤とか黒とか白とか金とか、喰ってやる』

うちでは金魚とメダカを同じ水槽に入れていました。
ですが、金魚とメダカを同じ水槽で飼うことは不可能なようで、何日もしないうちにメダカは全て死んでしまいました。

『赤とか黒とか白とか金とか、喰ってやった』

その死んだメダカは全て、金魚に腹を食われていました。
どうやら、金魚がメダカをいじめていたようです。
金魚も救われる前に多大なストレスを感じていたのでしょう。
うちに来た時には既に気性が荒くなっていました。
金魚の一生を見て、妻はおかしくなってしまったのです。
私は、とても悩みました。
妻と別れるか、それとも、金魚を川に流して妻を病院に連れて行くか。
私は悩んだ末に金魚を川に流して妻を病院に連れて行くことを選びました。
月日が経つに連れて妻は正常に戻り、今では私と普通に暮らしています。

ですが、夏祭りには絶対に行かせないようにしています。
あとペットショップにも……――。

罪と罰ショウ

青山瑞希

気が付くと、彼女は見知らぬ場所にいた。見知らぬ場所の見知らぬ椅子に座って、気を失っていたのだ。否、正確に言うと、誰かが気を失った彼女をこの場所まで運び、椅子に座らせた。そして、彼女の意識が戻るまで放置したのだった。

彼女の目に見えている光景は、四方を取り囲むコンクリートの壁だった。部屋にしては広すぎる。そこは、どこかの倉庫のようにも思えた。天井は高く、窓は一つもない。天井から垂れ下がった一本のコードの先についた裸電球が、心細い光を放っているだけだった。

後方を確認するために振り向こうとして、彼女は初めて自分の頭が椅子の背もたれに固定されていることに気付いた。背もたれから伸びた紐か何かで、正面を向いたまま固定された頭は、少しも動かすことができない。

頭だけじゃない。動かそうとした腕も、ひじ掛けの上に置かれた手首も、太腿と足首、それに胴体まで……、身体のいたるところが椅子に固定されている。その上、口に粘着テープを貼られ、声を上げることもできない。

その瞬間、彼女を激しい恐怖が襲った。自分がなぜこんな場所にいて、椅子に身体を固定されているのか。誰がこんなことをしたのか。そして、これから何をされるのか。そんな恐怖が、大きな波のように、一瞬で彼女を飲み込んだ。

目玉だけを動かして、室内の様子を探る。見える範囲には、何も物が置かれていなかった。ただ一つ、彼女の正面にある「ビデオカメラ」を除いては。

彼女から少し離れたところに三脚が据えられ、その上に家庭用のビデオカメラがセットされている。そのレンズは彼女の全身を捉え、小さな赤いランプが点灯していることから、カメラが録画状態だということが分かる。

意識が戻る前から、そのカメラは彼女のことを撮り続けていたのだ。

誰が？

何のために？

彼女は確かに恐怖を感じながらも、頭の片隅には別の考えが浮かんでいた。もしかすると、これは「悪戯」なのではないだろうか……。それは、彼女の職業によるものだった。

職業柄、ついそう考えてしまったのだ。

だが、もしその考えが正しいとしても、あまりにも趣味の悪い悪戯であることには違いなかった。そしてその時急に頭の中に蘇った記憶から、彼女はその考えが間違っていることを知るのだった。

昨日の夜——今もまだ夜なのか、朝になっているのかは分からないが——仕事を終えた彼女がマンションに帰って部屋のドアを開けた時、何者かに背後から首に何かを押し当てられた。その直後、激しい痛みに襲われた彼女は気を失ったのだ。

私は、拉致された！　——やっと、彼女はその結論にたどり着いた。

その時、不意に背後から男の姿が現れた。この部屋に自分以外の人間がいたことを初めて知って、彼女の身体は緊張する。男は彼女の横を通り過ぎ、ビデオカメラのほうへと歩いていく。

——この男が、私を拉致したのだろうか。

あるいは自分を助けてくれる人かもしれない……、という淡い希望は、男の容姿を見た瞬間に消え去った。白いワイシャツに黒のスラックスと革靴という日常にありふれた服装とは対照的なものが、首の上に載っていた。

男は、黒いガスマスクを被っていたのだ。一見して本物かレプリカなのかは分からないが、精巧にできたガスマスクだった。その異様な風貌は、彼女の恐怖を更に大きくした。コンクリート剥き出しのこの部屋が、ガス室のように思えてくる。

男はビデオカメラの前に立つと、そのレンズに向けてこう言った。

「視聴者の皆さん、〈罪と罰ショウ〉のスタートです。私は、このショウの執行人です」

それはボイスチェンジャーか何かで加工された、低い機械的な声だった。

まるでそこに大勢の観客がいるかのように、男は大袈裟に手を広げて叫んだ。

「今日の罪人は、青空テレビ局のアナウンサー、鍵山えり奈！」

罪人って何!? 私は、何の罪も犯してない！

彼女が叫ぼうとした声は、粘着テープに塞がれた口の奥で消えてしまった。

ゲストを迎えるみたいに拍手をしながら、男は鍵山えり奈に近づいて行く。手を叩く乾いた音が、コンクリートに反響する。彼女は身を捩って逃げ出そうとしたが、コンクリートの床に固定されているのか椅子は微動だにしない。

男は鍵山えり奈の隣に立つと、その顔にガスマスクを近づけた。耳元で男の息遣いが聞こえる。これから何が行われるのか、予想もできなかった。だがそれが殊更に、彼女の恐怖を増幅させた。

「それでは、視聴者の方から申告された彼女の罪を見てみましょう」

機械じみた声でそう言うと、男は鍵山えり奈の背後に手を伸ばし何かを取ろうとした。ファスナーが開く音や、物がぶつかる音がする。どうやら背後には机か何かが置かれ、その上に物が並べられているようだった。


男はまた、ビデオカメラのほうへと歩き始めた。その左手にはタブレット端末があった。右手の指先で画面を操作しながら、そこに書かれているであろう文章を読み上げる。

「一つめの罪……それはネイル」

ネイル⁉

思わず、鍵山えり奈は自分の指先に目をやった。カメラに映りやすいようにか、一本一本の指も付け根の部分が椅子に固定されている。その指先には、一昨日ネイルサロンで施してもらった、鮮やかなピンクのマーブルネイルに金色のストーンを散りばめた爪が見える。彼女は、いつも鮮やかな色のネイルを好んだ。

「彼女はニュースを扱うアナウンサーでありながら、いつも派手なネイルをしている。先日、殺人事件のニュースの中で、彼女はフリップボードを持って事件の時系列を説明した。それは、強盗に母子が殺されるという残酷なニュースだった。その真剣な顔つきとは対照的に、画面には被害者の名前を記したフリップボードの隣に派手なネイルが映っていた。これは、明らかに被害者を冒涜している」

男はガスマスクの顔を彼女に向けた。そのマスクの奥に隠された顔が、果たしてどんな表情をしているのかは計り知れない。だが彼女には、男が笑っているように思えた。この意味の分からない行為を、楽しんでいるかのように感じたのだ。


ビデオカメラが撮っている映像は、インターネットでリアルタイム配信されていた。男の持っているタブレット端末には、その映像とともに現在の視聴者数も表示されている。視聴者の数は、どんどん増えていた。

男はカメラのレンズに向かって、その視聴者たちに語りかける。大きく手を広げ、映像を見ている人間たちを煽るかのように。

「鍵山えり奈は、殺された母子を冒涜した。これは許されない罪だ！　罪を犯した者には、罰を与えなければならない」

振り向いた男は、彼女の元へ向かって勢いよく歩いてくる。鍵山えり奈は固定された頭を小刻みに左右に振りながら、粘着テープの奥で何かを叫んでいる。

男は彼女の隣に立つと、耳元にガスマスクの顔を近づけてカメラに届かないような小さな声で囁いた。

「いつも可愛いだなんておだてられて、いい気になっているからこんな目に合うんだ」

一瞬、機械音に交じって聞こえた男の本当の声に、鍵山えり奈は聞き覚えがあるような気がした。


「それでは、罰の執行の時間だ！」

男はワイシャツの袖をまくり、ポケットから取り出したビニール手袋を両手にはめた。

鍵山えり奈は息を荒げて身を捩り何とか逃げようとするが、きつく固定された身体は動かない。

一度、男の姿は鍵山えり奈の背後に消え、次に現れた時その右手にはハサミが握られていた。木の枝を切れる、鉄製の枝切りバサミだ。そのハサミの刃を、男は彼女の目の前で二、三度開いたり閉じたりして見せた。鋭い刃先がこすれ合う音が耳に届く。これなら、多少の固いものでもすんなりと切断できそうだった。

男は次にビデオカメラのほうを向いて、さっきと同じようにハサミを動かして見せた。レンズの先にいる、たくさんの観客に向けて。机の上に置いたタブレット端末に表示された視聴者の数は、すごい勢いで増えている。視聴者たちは、これから行われる罰の執行を固唾をのんで見守っているのだ。

「お前は、罰を受けるのだ」

そう言うと、男はハサミの刃先を鍵山えり奈の指先へと向けた。男が最初に選んだのは左手の小指だった。固定された小指の第一関節辺りを、二枚の刃で挟む。鍵山えり奈は全身に力を入れ、何事かを呻いていた。大きく見開かれた眼は、ネイルされた自分の指に向けられている。

男は何の前触れもなく、枝切りバサミのグリップを握った。

バチン！　という音が響いて、コンクリートの床に小さな指先が転がった。切断された指から、細く血が噴き出した。

「――――っ！」

鍵山えり奈は、声にならない悲鳴を上げた。その身体は小刻みに震えている。

タブレット端末の視聴者数は、ぐんぐん伸びている。男は満足そうに頷いた。そして血のついた刃先を薬指に移動させると、また躊躇なくグリップを握った。

バチン！

ピンクのマーブル模様の指先が、転がっていく。鍵山えり奈はまた、粘着テープの奥で悲鳴を上げた。その目からは、涙が流れている。

バチン！

バチン！

男は流れ作業のように、順番に指を切っていった。左手の指を切り終えると、右手の親指から切り始める。

バチン！
バチン！

そのたびに聞こえていた鍵山えり奈の悲鳴は、次第に小さくなっていった。そしてとうとう床の上に十個の指先が転がった時、彼女の意識はもう消えかけていた。

すべての指を切り終えると、男は血のついた枝切りバサミを机の上に投げ捨てた。それから鍵山えり奈の髪の毛を掴んで、その顔にガスマスクを近づけた。まだ彼女は意識を失っていなかった。身体の力は抜けて、焦点の合っていない目は血が流れ落ちる指先に向けられている。

それを確認すると、男は再びタブレット端末を手に取った。そしてまた指先で操作しながら、機械じみた声で言ったのだ。

「二つめの罪……」

その言葉を聞いた鍵山えり奈の目に、光が戻った。だが、それは恐怖を示す光だった。体を震わせながら、左右に小さく頭を振っている。

「鍵山えり奈は視力も悪くないのに、コンタクトレンズをつけている。黒目を大きく見せるための、ファッション的なコンタクトレンズだ。報道部のアナウンサーでありながら、だ。原稿の読み間違いが多く、気の利いたコメントも言えないくせに、女の部分だけを売りにしてニュース番組の最前線にいるのは許せない」

そこまで読むと、男はまたビデオカメラに向かって大袈裟に両手を広げる。

「この罪にも、罰を与えなければいけない」

次に男が机から手に取ったのは、さっきの枝切りバサミと銀色のスプーンだった。男は人差し指と親指で、鍵山えり奈の左目の瞼を大きく開いた。さっきまで意識を失いかけていた彼女は、不規則な荒い息をしながら呻き声を上げた。瞼を押さえられていない右目も、大きく見開かれている。

男はためらうことなく、左目の眼球に沿って目の奥へとスプーンを刺し込んだ。

悲鳴を上げる鍵山えり奈の姿を、ビデオカメラのレンズが捉えている。その先にいる視聴者たちは、どんな思いでこのショウを見ているのだろう。ただ彼らの数は、今や膨大に膨れ上がっている。

男は彼女の眼球をすくって、落ちないように手前に取り出した。そして眼球から伸びている視神経を、丁寧に枝切りバサミで切り取った。それから男は左目の眼球が乗ったスプーンを鍵山えり奈の右目の前に持っていき、そこでガスマスクを少しずらした。男の口元が露わになる。彼女の右目は、自分の眼球の先で興奮したように笑っている男の口元を捉えていた。

「――――っ！」

次の瞬間、男はそのスプーンを自らの口へ運んだのだ。鍵山えり奈の眼球をほおばると、男は満足そうに笑い、その口元を再びガスマスクの奥へ隠した。鍵山えり奈の右目から、悲しみとも恐怖ともとれる涙が流れ落ちた。

両目の眼球を取り出された鍵山えり奈の身体は、もはや意識があるのかどうか、生きているのかどうかさえも分からない。ぐったりとして、少しも動かない。彼女の両目にはぽっかりと黒い空洞ができて、まるで全体が黒目になったかのようだった。

男はビデオカメラの前に立つと、視聴者たちに向けて語りかけた。

「ご視聴ありがとうございました。それではまた、〈罪と罰ショウ〉でお会いしましょう」

そう言って深々と頭を下げると、ビデオカメラのスイッチを切った。男はガスマスクを脱いで、タブレット端末を手に取った。視聴者数を見ると、予想以上の数だった。コメント欄には、視聴者たちからのコメントも寄せられている。

『これって本当なの？　ほんとならヤバイよね』
『鍵山えり奈って嫌いだったから、いい気味』
『ガスマスク姿の執行人さん、カッケー！』

そんなコメントを見ながら、男は満足げに笑っていた。ただ不思議だったのは、その画面に「視聴者から寄せられた罪の申告」など一つも書かれてなかったことだった。

あの「罪の申告」が、視聴者から寄せられたものではないとすると……。


翌日の青空テレビ局のニュース番組ではメインキャスターの五百蔵(いおろい)秀介が、神妙な顔でその日のトップニュースを読んだ。それは、いつも番組で隣の席に座っているアナウンサーの鍵山えり奈が、遺体となって郊外の河川敷で発見されたという内容だった。

両目をくり抜かれ、両手の指をすべて切断されていたという具体的な事実は、テレビでは伏せられた。昨日配信されたインターネット動画も具体的な内容は極力抑えられ、動画に映っている男が犯人だとして警察が捜査している、とだけ伝えた。

テーブルの一番端に座っている芸能ニュース担当の新人女子アナウンサーは、ハンカチで目頭を押さえすすり泣いている。五百蔵秀介はニュースの最後にカメラをじっと見つめて「一刻も早く、犯人が捕まることを願います」と締めくくった。

番組はニュースから天気予報のコーナーに移り、別のスタジオに映像が切り換えられた。五百蔵秀介は束の間の緊張から解き放たれ、ペットボトルの水を口にした。ふと見ると、さっきまで泣いていたはずの新人女子アナウンサーは、もうスタッフと談笑している。

五百蔵秀介は、テーブルに置かれたニュース原稿の隣にあるタブレット端末を操作した。そして青空テレビ局の実況掲示板を開くと、そこに書かれたコメントを読んだ。


『鍵山えり奈が殺されたなんて、ショックすぎる』

『鍵山えり奈じゃなくて五百蔵が殺されたほうがよかったんじゃね？』

『五百蔵秀介が出てるだけでチャンネル変えたくなる』


そこには、五百蔵秀介に対する辛辣なコメントが並んでいた。いつもそうだ。この番組の視聴率がいいのは、鍵山えり奈の人気によるものだったのだ。

五百蔵秀介が指を動かしてタブレット端末の画面をスクロールさせても、そこに書かれているのは「昨日とは正反対の」コメントばかりだった。

モニターには、別のスタジオで行われている天気予報のコーナーが映し出されている。若いお天気キャスターの女性が、先日の豪雨がもたらした災害の情報を伝えている。彼女は、今夜からまた激しい雨が降りそうなので気をつけてください、とカメラに向かって訴えかけた。

五百蔵秀介は怖い顔でそのモニターを睨みつけながら、ぶつぶつと何かを呟いている。

「あの女、災害の情報を伝えるのにあんな短いスカートを履きやがって。あんな格好は、被災した方々を冒涜している」

その時、五百蔵秀介の口元が、ニヤリと不気味に歪んだ。

「冒涜した罪には、罰を与えなきゃなあ。そうだ、もう二度とあんなスカートが履けないように両足を切断しよう。それと、あの派手なグロス、あの唇もハサミで切ってやろう……、唇って、眼球よりも美味いのかな」

モニターを眺めながらくつくつと不気味に笑う五百蔵秀介の姿を、周りのスタッフたちは訝しい目つきで見つめていた。


「あんな掲示板なんて気にしなくていい。〈罪と罰ショウ〉のステージに上がれば、俺はスターなんだから……」

母の嘘

百壁ネロ

「〇〇、結婚するんや。じゃあもう〇〇って呼べんようになるなあ」

　僕がまだ幼い頃、テレビのニュースを見ていた母が漏らした独り言だ。ちなみに〇〇は、当時皇族に嫁いで話題となった女性の下の名前が入る。

　幼い僕は母のその独り言を聞いて、「へえ、母さんこんなすごい人と友だちなんや」とぼんやり思った。でも、何か違和感があった。その違和感のせいで、大人になるまでこうしてその独り言のことを覚えていた。そして今の僕には、その違和感の原因が何なのかが分かる。

　福岡の田舎で生まれ育ち、福岡でずっと暮らし続けている母は、学習院中学にも学習院高校にも学習院大学にも行っていない。皇族へ嫁いだその女性と知り合う機会もなければ、当然、呼び捨てで呼ぶような親しい関係になる機会もない。

　つまり、母は嘘をついたのだ。しかも、それはただの嘘ではない。

僕に「母さん、この人と友だちでね」などと直接語りかけてきたわけではなく、あくまで独り言のように、口調も冗談めかしたものではなくごく普通の口調で、そして「……なーんて冗談よ」とかいうフォローも何もなく、至って普通に、ただ意味もなく嘘をついたのだ。

なぜ、母はこんな嘘をついたのだろう。

こんなこともあった。

幼い僕（母は僕が十歳の時に離婚して実家へ戻ったので、母との記憶はほとんどが幼い時のものだ）はその日、母の運転する車に乗ってどこかへ出かけていた。

夏だったのか、カーステレオからはラジオの怪談話が流れていて、怖い話が好きだった僕は夢中になって聞いていた。その時、母が、

「それよりもこっちのほうが怖いよ」

と言ってラジオを切り、ＣＤを掛けた。

流れてきた曲は（その当時は知らなかったが）長渕剛の純恋歌だった。

幼い僕は、怪談話を途中で切られてモヤッとしつつも、こっちのほうが怖いんだ、どこが怖いんだろう、と真剣に長渕の歌声に耳を傾けていた。が、当然怖い部分なんかどこにもない。でも母が言うなら、僕にはまだ分からない大人の何か怖いことを歌った歌なのかも知れない。その時の僕はそう思っていた。

無論、今なら分かる。要するに母は、自分が聞きたい曲を掛けるために、僕に嘘をついたのだ。

その事実に気付いたのは、恥ずかしい話、ごくごく最近のことだ。僕はもう三十三歳になる。この歳になるまで、長渕剛の純恋歌を聞くと「これ、怖い歌なんだよな」とぼんやり思っていた。それは心からそう思っていたというか、ほとんど無意識でそう感じるという、刷り込みのような感覚だった。

それにしたって、母が自分のやりたいことのために僕にしょうもない嘘をついた、という事実は、気付いた時は、かなりのショックだった。

もっとショッキングな嘘としては、こういうものがある。

「○○中（近所にある公立中学）でこの前いじめで人が死んだ。体育館のマットにぐるぐる巻きにされて殺されたって。あんたは運動神経悪くて絶対いじめられるけん、○○中には行かんほうがいい。勉強して私立入りなさい」

これは相当、印象に残っている。○○中は怖いところだと心底思った。これがすべてのきっかけだったわけではないが、僕は受験勉強をして、結果的に進学校として著名な私立中学校へと入った。

最近気になって調べてみたところ、ちょうど母がこの嘘をついたかも知れないぐらいの時期に、山形の中学でいわゆるマット死事件と呼ばれるいじめ殺人が起きていた。おそらく、母はニュースだかで聞いたこの事件を流用して僕に嘘をついたんだと思われる。母が言う通り地元の中学で本当にいじめ殺人が起きていたならば、当然山形の事件と同等のレベルで知れ渡っているだろうし、そうなった記憶もなければ記録もどこにも残っていないことから考えても、母が嘘をついていたのは明確だろう。

そういうわけで、母は僕を私立中学に行かせたいがために、こんな凄まじい嘘をついたのだ。なぜ母が僕を私立に行かせたかったのか。まあこれがすべてではないだろうが、母の口癖は「弁護士とか医者になって稼いで母さんに楽させてね」だった、ということを記しておく。

皇室に嫁いだ女性を自分の友だちかのように言っていた独り言。その違和感を大人になっても覚えていて、違和感の原因が母が嘘をついていたからだということに気付き、そこから、「もしかしたら母は嘘つきな人間だったのかも知れない」と思い始め、するとどんどん芋づる式に母がついた嘘らしきものが思い出されてきた。他にもたとえば――

・母は霊感があり、色々な人からよく相談をされる。ハンドバッグなど、相談相手の持ち物に触れるだけで、その人の悩みが分かる。また、祖母（母の母親）も非常に霊感が強かった。

・二十代の頃、母の初恋の人がある日、明日、一人で海に行くと言い出した。その時母はなぜか「この人もしかしたらもう帰ってこないかもしれない」と思ったという。翌日、相手は高波にのまれ帰らぬ人となった。母は、自分が「この人もしかしたらもう帰ってこないかもしれない」と思ったからそれが事実になってしまったんだと思い、苦しんだ。

・母は福岡出身のとある有名男性デュオの一人と高校が同じで、告白されたことがあった（付き合いはしなかった）。母が大人になったある日、ラジオでその男性が初恋の相手として母のことを喋った。母にラジオ出演のオファーも来たが断った。

・母は幼少の頃とても貧しく、祖母が引くリアカーの後ろに乗って、換金のために一緒に空き缶や空き瓶を拾って回る暮らしを送っていた。

——これらは、明確な根拠がないので、嘘かどうかは定かではない。当然、事実かもしれないし、もし事実だったらこういう風に引き合いに出してしまって申し訳ないのだが、ただ、今の僕はどうしても、これらが事実だとは思えない。

母がつく嘘は、皇室の件から考えるに、どうやら「自分が特別な存在に見えるもの」という傾向がありそうだ、と僕は思っている（もう一つの傾向は、言わずもがな「僕を自分の思い通りに動かすための嘘」である）。

さて、この話はノンフィクションなので、なにかオチが用意されているわけではない。ただ、オチになりそうなエピソードは、あるにはある（オチ、というコミカルな言葉で表すようなことでもないのだが）。

母が離婚して自分の実家に戻ったことは先述だが、僕は父方に引き取られ、十代から二十代前半までは、連休などにたまに母に会いに行くような生活を送っていた。

二十代もなかばになり東京で本格的に社会生活を始めてからは会いに行く機会は減った。減ったというか、さっぱり会わなくなった。もうかれこれ十年以上会っていない。だが、電話やメッセージアプリで連絡がたまにくるので、近況をその都度聞いているという感じだ。

母は、僕が二十代前半の頃から、目の不調を訴えていた。片目の視力がかなり悪いとのことだった（そうなった原因は僕の父に殴られたからだと言っていたが、本当にそうなのか、そもそも殴った事実があるのかは、僕には分からない）。

目の不調を訴えている時の母と会ったことはあり、母は外を歩く際、僕の肩に掴まるなどしていた。これに関しては、僕は疑っていない。母の様子や歩き方、自分の視界に関して説明していた話などから考えて、本当に視力が衰えていたんだと思える。

それからしばらくして、母と会うことがなくなって久しくたったある日、母は片目の視神経を手術で切ることになり失明したと僕に電話で話した。眼球も普通に動き、見た目的には判別できないが失明しているとのことだった。それを聞かされて僕は、何も言葉が出ず、ただ「そっか」とか「大丈夫？」とか、そういう類のことを返した（父の暴力が原因でそうなったと聞かされていたのもあって、言葉がうまく出なかった）。

片目を失明した母に会うことがないまま時はたち、一昨年の正月のことだ。

父方の実家に帰省した僕は、この連休を利用して十年弱ぶりに母に会いに行こうと思い立ち、母に連絡をした。しかし母は、「見た目がみっともなくなったから会えない」と繰り返した。そんなこと気にしないと僕は言ったが、母は頑なに会うことを拒み、結果、僕は母と会うことは叶わなかった。

それから一年ほどして、さんざん述べたように母が嘘つきな人間らしいということに気付いたのだが、そこで僕が思ったのは、「母の片目は、果たして本当に失明しているのだろうか」と、いうことだ。

母の片目の話は、初恋の相手が亡くなった話や、空き缶や空き瓶を探し回って過ごした貧しい幼少期の話と、どこか同じ匂いを感じないだろうか？　だとしたら、母が僕に会うのを拒んだ本当の理由は、嘘がバレるのを避けるためなのではないか？　いや、母がバレるのを恐れている嘘はもしかしたら、失明のこととは限らないかも知れない。メッセージアプリで以前話してくれた、愛犬が亡くなったということが嘘だったのかも知れないし、もしかしたら祖母が亡くなったというのが……。もちろん僕だってそんな風に考えたくはない。

考えたくはないが、ただ、母が語ったことが真実であるかどうか、僕には分からないのだ。

「母が嘘つきな人間である」ということが分かってしまった以上、生まれてから今まで間に母が僕に語ってきたことの、どこからどこまでが真実でどこからどこまでが嘘なのか、僕にはもう分からない。すべてを信じたい気持ちはもちろんあるけれど、すべてが嘘なのかも知れないとも思う。

ちなみに、母の口癖は「お母さん、可哀想やろ?」だ。

母は僕に、自分を可哀想だと思って欲しがる節が昔からある。


最後に、蛇足かも知れないが、嘘の話とは違う話を。

先日、本当に久しぶりに母から突然電話がかかってきた。母は開口一番、「父が亡くなったら遺産をいくらか分けて欲しい」と僕に言った。

父は重体なわけではまったくないし、そんな話を母にしたわけでもない。ただなんの脈絡もなく唐突に、「父がもし死んだら」という話をするために僕に電話をかけてきたのだった。母が嘘つきな人間であるという自分の推論にそれまで多少なりとも後ろめたさを感じていた僕だったが、その電話で、どうやら僕の母は本当に「ちょっと普通ではない人間」らしいなと確信した。

それから僕は「母が嘘つきな人間である」ということを喋ることもこうして記すことも後ろめたさを感じることはなくなり、また、積極的に自分から母に連絡をとることもやめて、今に至っている。

澄子

くがつなな

澄子（スミコ）は、「透き通るように色白な娘になってほしい」という願いを込めて、名付けられたらしい。

しかし、皮肉なことに、澄子はこの辺りの子どもたちの中でも特に色黒な女の子だった。

「だいたい、おじさんもおばさんも色白じゃないよね」

幼馴染みで家族ぐるみで澄子を知る私は、遠慮なく毒づいた。

「石炭の『炭』か、墨汁の『墨』で良かったんじゃない？」

「こら、女の子にそんなことを言うもんじゃないよ」

真面目な母は、私が澄子に直接暴言を吐くのではないかと心配し、たしなめる。

私だって、澄子本人に面と向かって悪口を言うほど、馬鹿じゃない。

だいたい、澄子は普段ヘラヘラしている癖に、いったん頭に血が上ると手がつけられない暴れっぷりをこれまでも数々披露してきたのだ。

下手なことを言って、とばっちりを受けることは、二度と御免だった。

先にも述べたように、私たちは幼馴染みだった。

過疎地の集落に、年の近い子どもは私と澄子だけだった。

早くに父を亡くした私は一人っ子だったし、澄子の兄弟は十も年の離れた兄だけだったので、幼い頃の遊び相手は澄子しかいなかった。

「あたし、ヨッちゃんのお嫁さんになるからね」

私の名前は良明(ヨシアキ)というのだが、「ヨッちゃん」と呼ぶのは、母親以外には澄子と澄子の家族くらいだった。

そして、幼い頃は「ヨッちゃんのお嫁さんになる」をなんとも思わずに聞いていた。


中学になり、複数学区の子どもたちと混ざって登校するようになると、次第に澄子が疎ましくなってきた。

ただでさえ田舎の学校、異性で仲良く話すことすら躊躇われる雰囲気だというのに、澄

子はこれまでと変わらず、

「ヨッちゃん、ヨッちゃん」

と、私の後をついてきた。

「ヨッちゃん、英語の教科書貸してくれる？　忘れてきちゃって」

クラスが変わっても何かと理由をつけて私のもとを訪ねる澄子のことを、

「おい塚田（私の苗字だ）、奥さんが来たぞ」

と、教師までもからかった。

「二人は付き合っている」

「親が決めた許嫁らしい」

など、澄子が流したかどうか定かではないが、噂だけが一人歩きし始めた。


修学旅行の日に、事件は起こった。

「ヨッちゃん、どっちがいいと思う？」

両親に買って帰る土産の相談を独り言のように言いながら、私の後ろをついてきた。

周囲は、いつものように冷やかす。

「いい加減にしてくれないかな」

最初は誰に伝えるでもなく、低く落ち着いた声で言った。

「で、こっちがね……」

二度目は、構わずしゃべり続ける澄子に向かって、大声をあげた。

「ついてくるな！」

静まり返ったのは一瞬で、澄子は獣の鳴き声のような奇声をあげ、旅行先の土産物屋の陳列物をなぎ倒して暴れ回った。

同窓会の度に話のネタになるのだが、次年度から修学旅行先が変わってしまったのはこの事件のせいだったと、大人になってから知った（当たり前か）。


それ以後、澄子と言葉を交わすことはなかった。

十年後の二十五歳になるまでは。

二十五の年に、私は見合いで結婚した。

父親を早くに亡くしている分、早く所帯を持って一家の主となり、母を楽にさせてやりたいと子どもの頃から思い続けてきた。

決して、早い結婚とは思わなかった。

妻は目を引く容姿とは言い難かったが、賢く芯の強い女性で、何より母が一目で彼女を気に入り、仲良くやってくれていた。

高校を卒業すると、「歌手を目指す」と言って、身内も知り合いもいない東京へ一人出ていった澄子のことなど、思い出す余地もなかった。

雪の降る夜だった。

積雪量が十年ぶりに更新されそうです、というニュースの通り、夜になるにつれ、戸外はどんどん白く染まっていく。

「雨戸を閉めておきましょうか」

妻が行こうとするのを、

「いいや、私が行こう」

と、静止した。

防寒着を充分に着込み、吹雪の中、雪だるまのような出で立ちで雨戸を閉めていると。

「ヨッちゃん、太ったんじゃない？」

少し嗄れているものの、聞き覚えのある声が耳に入った。

「澄子」

「ヨッちゃん、久しぶり」

髪の毛を派手に巻き、真っ赤な口紅に色黒な肌を真っ白に塗りたくってはいたが、間違いなく澄子だった。

「何だ、その格好は」

猛吹雪だというのに、澄子はテラテラしたサテン生地のワンピースに、足元には、かかとが針のように細いハイヒールの靴を身につけていた。

「ヨッちゃんのお嫁さんになるために、帰ってきたんじゃない」

全身の血の気が引きそうになったその時、妻が様子を見に外へ出てきた。

「一人で大丈夫ですか？」

「危ない、中に入れ！」

咄嗟に叫んでしまった。

澄子が妻に危害を加えるのではないかと考えたのだ。

しかし、澄子は呆然と立ちつくしたままだ。

やっとのことで、言葉を絞り出す。

「……誰？」

「妻だ」

今度は毅然と答える。

やり取りを見ていた妻は、穏やかな笑顔を作ると、澄子に向かって一礼した。

「良明さんのお知り合いの方ですか、どうぞ、外は寒いですから、お入りください」

澄子はしばらく黙ったままでいると、薄着のまま、降り積もった雪の上にばったりと仰向けに倒れた。

そして、容赦なく降り注ぐ吹雪の中、こう叫んだ。

「殺せ――!!」

私の母が連絡し、数分後に年老いた澄子の両親と兄が彼女を迎えに来た。

白い景色の中、化粧の剥がれ落ちた澄子の黒い顔がいつまでもこちらを見ていた。

数年後、澄子の一家は引っ越して行った。

火事を出し、家自体が無くなってしまったのだ。

澄子による放火だったのではないかと噂されているが、真相は分からない。

異臭と共に黒く焦げた物体を見つけた時は、

「とうとう澄子が『炭子』に……」

と、不謹慎な考えが頭を過ったが、雑種の飼い犬だと分かり、腰を抜かしつつ、少しだけホッとした。

どこまでも人騒がせな女だ。


毎年、律儀に澄子は年賀状を寄こす。

しかし、いつも住所が記載されておらず、消印もランダムなので、返信のしようがない。

「今年こそ、ヨッちゃんのお嫁さんになります！」

と書かれている年賀状を、今年もまた破り捨てた。

冷蔵庫には半分入れて

里梅くみこ

「新しい冷蔵庫買わなきゃ」


日曜日の朝、美也は送られてきた発泡スチロールの中身を、もう一度確認してから丁寧に蓋を閉めた。

あのドライアイスの量から考えると一、二時間の内に移し変えないといけないはず。

なるべく早く届けて貰えるように近所の電気屋さんで買おう。

そう思い急いで向かう途中、美也は一昨日の出来事を思い返していた。


その日私たちは、いつもの喫茶店のいつもの席に座っていた。

ただいつもと違うのは、斜め前に座った彼が私を見ずにコーヒーカップを見つめ続けていることと、その隣には彼の奥さんが座っていること。

「では了承して頂けますか？」

言いながら彼女は私のほうへ誓約書と書かれた紙を向ける。

私は頷き、最後の欄に署名すると何も言わずに席を立ち上がった。その時でさえ彼は一度もこちらを見ることはないままだった。

一礼して店を出た美也は安堵のため息をつく。

社内での不倫ということで、退職を求められるかと冷や冷やしていたのだが、今後二度と個人的に連絡を取らないのなら慰謝料も求めないと告げた奥さんの言葉には心底感謝していた。

小さくて可愛らしいあの奥さんには悪いけど、バレたのは良い機会だったとすら思っていたのだ。

二十代後半の女の社内不倫なんて泥沼以外の何物でもない。

ここで別れるのが正解。

「って、頭では分かっていてもね～」

口から出た声が思った以上に大きくなったことに気付き、慌てて口を塞いで周りを見渡した。

良かった。誰にも笑われてない。

そう安堵する美也の目に、まだ店内にいる二人の姿が映った。

笑い合って仲良さげにレジ横のケーキを選んでいる姿を見た時、美也の中の何かがチリチリと痛んだ。


私は断罪され一人きりで帰るというのに、同罪のはずの彼は何事もなかったかのように家に帰り、二人で仲良くケーキを食べるつもりなのだろうか。

そして……。

彼はきっと愛しているのはお前だけだと呟くんだ。

私にもそうしたように。

チリチリしていたものが次第に大きくなっていくような感覚に襲われ、気が付くと店から出てきた二人の前に立ちはだかっていた。

彼はこの日初めて美也を見つめた。

何も言わないでくれと、このまま何も言わず帰らせてくれと懇願するような目で。

隣に並ぶ奥さんのほうは意外と冷静な表情をしていたが、その瞳には強さが見えた。か弱そうに見えて実は、とても気の強い女性なのかもしれない。

そう思いながらも美也は全く違うことを口にしていた。

「やっぱり彼は、敬太さんは返せません。今までのように半分を私にください」

「はんぶん？」

繰り返した彼女の横で敬太は違うんだとか、あーとか意味のない言葉を繰り返してオロオロしていた。

恐らく不倫のことがバレた後も週の半分を私の家で過ごしていたことは話していなかったのだろう。

「納得して誓約書にサインをしたんでしょ」

彼女は一歩踏み出し更に強く言い放った。

「もう二度と私たち夫婦に関わらないで」

そう言い放って歩いていく彼女の後ろを啓太は、まるで犬のように付いていった。

その後ろ姿を見ていると、やはり別れて正解だったような気すらしてきて笑いが込み上げてきた。

無事に冷蔵庫を買い終えた帰り道、美也はどうしてあんなことを言ってしまったのかと後悔していた。

会社からそう離れていない通りで、「彼の半分をくれ」と言い放ったのはマズかった。しかも、金曜日の夕方と来ている。

きっとあちこちで同僚たちが飲み会を開いているはずだ。

「私の不倫が酒の肴になってませんように」

そう願いながら帰宅した美也が、先の荷物に同封されていた手紙を広げると、そこには綺麗な字が並んでいた。

『前略　昨日は貴重なお時間を頂き、ありがとうございました。

あの後、私の知らないことがあるようなので彼ともう一度話し合いたかったのですが、彼はあまり、多くを語ってはくれませんでした。

なので彼が寝た後、彼の携帯電話を確認したところ、あなたたち二人がどれだけ愛し合っていたのかを知ることとなりました。

そこで、あなたへも半分お渡ししたいと思います。

半日以上かけて半分に切り分けましたが、何せ素人のしたことです。きっちり半分とはいかないかもしれませんが、どうぞお受け取りください。

取り急ぎご挨拶まで　草々』

美也が手紙を読み終わると、ちょうど玄関のチャイムが鳴った。

さあ、冷蔵庫が来た。

Endless

快紗瑠

「またね」

「また……」


今日もまた、真っ赤な封筒が郵便受けに入っている。

大学生になり、一人暮らしを始めた私は、勉強にサークル、バイトに遊びと充実した生活を送っていた。

周りの誘いもあって、色々なSNSサイトにも登録し、その日にあった出来事や、美味しいスイーツなんかを、写真付きでアップしたり、呟いたり。

リアルな友人だけでなく、ネット上でのやり取りなんかも楽しんだりしていた。

が、——それも三か月前までの話だ。

きっかけは、リアルを軽く呟けるＳＮＳサイト。

自分のページや呟きを承認した人以外も自由に見られる手軽なサイトから突然送られて来たコメント。

「迎えに行くよ」

最初は誰かが間違えて送ってきたのかと思い、「誰かと間違ってますよー」とコメ返した。

とりあえず、どんな人からなんだろうと思い、コメント主のページへと飛ぶと、シンプルな背景に、自己紹介には「婚約者をもうすぐ迎えに行ける！　幸せだ」という言葉。

リアルを少し覗くと、私の通っている大学の写真や、大学の近くにある人気のカフェの写真等がアップされていた。

「もしかして、同じ大学の人なのかな？」

少し親近感を覚えつつも、大学生なのに婚約者がいるなんて、この人はお坊ちゃんなのだろうと、自分とは別世界の人への憧れも少し感じた。

とはいえ、婚約者がいるということは間違いなく、私へのコメントも間違いなのだろうと一人で納得していたのだが……。

ふと気付くと、コメ返へのコメ返が来ていた。

きっと間違えたことへの謝罪なのだろうと思い、返事を開く。


「え？」

思わず目を見開いた。

画面には、「何を言っているの？　君を迎えにいくよ……アカリ」という文字。

このサイトはハンドルネームで登録できる。

本名なんて登録すらしていない。

咄嗟に自分のページへ飛ぶ。

当然、〈るるたん〉というアホっぽいハンドルネームで表示されている。

それにも関わらず、返事には〈アカリ〉という私の本名が記載されていたのだ。

私は怖くなって、相手が誰なのか調べる余裕すらなく、即、コメント主をブロックした。

そこからが悪夢の始まりだ。

私が登録するＳＮＳすべてに彼は現れた。

「愛している」「約束覚えてる？」「結婚式はアカリが卒業したらすぐにしよう」

顔なき相手の言葉に、吐き気がする。

何度も何度もブロックするが、それも無駄な抵抗。

相手もその度に新しいアカウントを作成する。

これでは無限ループだ。


ＳＮＳサイトでのつきまといコメントもストーカー規制法に該当すると知った私は、すぐに警察に相談することにした。

とはいえ、地方の警察署ではまだまだストーカー対策専門の部署はない。

まだ若手と見られる警察官二人が対応してくれ、パーテーションで仕切られた簡素な半個室に連れていかれた。

そこで今までのコメント履歴や内容を一件一件確認してもらったのだが――

「確かに、しつこい相手ですが、相手は宮沢さんに一方的な愛情を伝えているだけで、今のところは危害を加えるようなコメントは一切ありませんし」

「現状は様子見としか言いようがありませんね」

期待していたものとは違い、無情にも突き放すような言葉を投げつけられた。

勿論、「もしも、身の危険を感じるようなコメント……例えば、『殺してやる』『レイプしてやる』のような犯罪性を含むようなことを言われた場合にはまた直ぐに相談してください」とは言ってくれたのだが、結局、「事件性」がなければ警察は動いてはくれないという事実を突きつけられただけだった。

ただ、SNSは一旦退会したほうが嫌な思いをしなくて済むのではということになり、私は一度全部のサイトから退会した。


これでまた、平穏な生活が戻ってくると思っていたのだが、事態は更に悪化する。

それが、この「赤い封筒」だ。

表には私の名前だけが書いてある。

切手も消印も何もない封筒。

最初手にした時は、友達の悪戯か何かだと思い、躊躇なく封を開けた。

中には一枚の写真。

何だろうと思い取り出すと、それは、居酒屋でバイト中の私を隠し撮りしたもの。

「ひっ」

小さな悲鳴を上げて写真から手を放すと、ヒラヒラと舞いながら床へと落ちた裏側には「いつでもボクが見守っているからね」と真っ赤な文字で書かれてあった。

それから、毎日のように届けられるようになった赤い封筒。

そのどれもに、私の隠し撮り写真と一言メモが書いてあり、ある時なんかは、大学での講義中の後ろ姿が撮影されてあった。

同じ大学。

しかも、同じ学部、同じ学年にストーカーがいる。

私は恐怖に怯えた。

友人たちに相談すると、私を一人にしないように気を付けてくれた。

けれど、赤い封筒は止まらない。

毎日いつ、どこで、誰が自分を見つめ、盗撮しているのか分からない状況で、私はビクビクしながら日々を過ごしていた。

そんなある日、密かに片思いをしていた男の子から映画に誘われた。

ストーカーによって、最悪な精神状態だった私に、神様が与えてくれたチャンスだと思い舞い上がった。


当日は、映画を観て、ランチして、ショッピングをして……と、彼と一緒にいる時は、ストーカーのことを忘れて幸せな時間を過ごしたのだが、帰宅すると、それは一変した。

またもや赤い封筒が郵便受けに入っていたのだ。

恐る恐る封を開ける。

中にはまたもや写真。

ゴクリと唾を飲み込んで取り出すと、そこには昼間、私と「彼」がランチをしている姿が写っていた。

しかも、「彼」の顔の部分には、赤いバツ印がつけてあり、「こいつ、ダレ？」というメモが……。

「いやっ！」

今までは、自分の写真と、「顔色悪いから心配」「笑顔が可愛いね」「無理するなよ」といった、他愛もないメッセージだけが書かれてあるだけで、何かが起きることは無かった。

そのせいか、毎度郵便受けに赤い封筒が入っていても、届いた当初の恐怖は徐々に薄らぎ、自分の身に何かが起きるわけがないとタカと括り、いつか飽きるだろうと呑気に構えていた。

だが、今回のコレは明らかに「怒り」を感じる。

私に対してではなく「彼」に対して。

その時、私は警察の言葉を思い出した。

「何かあればいつでも相談してください」

それが今なんじゃないのか？

帰宅して落ち着く間もなく、私は今まで溜めてあった赤い封筒を全部抱えて警察署へと駆け出した。

前回同様、一つ一つを丁寧に確認していく作業。

それに伴い、そこに写る私が、いつどこで、だれと、何をしていたのかということも、覚えている範囲で答えていく。

一通り、確認し終えた後、警察は難しい顔をして唸った。

「確かにこれは常軌を逸していますね」

「あなたもですが、ここに写っている男性も危ないですね」

「とりあえず、ストーカー本人が毎日郵便受けに封筒を入れているのは確かでしょう。犯人は簡単に捕まえられるはずです。明日、張り込みしてみましょう」

ようやく警察も動いてくれることとなり、ホッと胸を撫でおろした。


翌日の夕方。

私の部屋の前をうろつく男性を任意同行したという連絡がきた。

こんなに早く捕まるのなら、赤い封筒が届いた日に警察に足を運べばよかったとも思ったが、彼に対する悪意を示した写真があったからこそ、警察も危険性を感じ、動いてくれたのだろうと思い直す。

とりあえず、犯人が捕まった。

これで気味の悪い手紙と盗撮から解放される。

そう思い、安心した。

そう――この時までは。

結論から言えば、捕まった人物は犯人ではなかった。

街で見知らぬ男に「この赤い封筒を届けるだけの簡単なバイトをしませんか？」と声を

掛けられ、一回届けるだけで一万円という高額報酬に目がくらみ、怪しいとは分かっていながらも、つい請け負ってしまったらしい。

それだけではない。

写真に関しても、それぞれ画素数が違い、プリント紙も各々異なっていた。

指紋も勿論、バラバラ。

犯人を特定できるものは殆どない。

いや、むしろ。

犯人にお金で雇われて写真を撮っているのだとしたら、すれ違う人や、同じ電車に乗る人、そこら中の人間が自分を監視し、盗撮しているように思えてくる。

「一応、しばらくの間、アパート周辺を巡回しますので」

警察はそう言ってくれたが、絶望の底に突き落とされた私にはもはや、気休め程度にしか思えなかった。

不安な気持ちのまま過ぎゆく日々。

あんな写真を送られてこられたら、片思いの彼にも近付くことはできない。

自分に少しでも近づく男性に敵意を持つ相手だ。

何度も彼と一緒にいるところを目撃されたら、きっと相手を刺激し、彼を危険な目にあわせることになる。

私は自分の想いに蓋をし、彼を避けるようになった。


段々と家の外に出ることが怖くなり、大学の授業にも出ずにアパートに引き籠るようになった。

それでも届けられる赤い封筒。

毎日毎日、誰かの足音が部屋に近付き、そして郵便受けに投函される。

その度にビクリと肩を震わせる日々。

数日に一回、コンビニやスーパーに必要最低限の生活用品と食品を買いに行くだけでも盗撮される。

正直、いつも誰かに監視されているというストレスと、顔すら見せることのないストーカーへの恐怖で頭が狂いそうになっていた。

そんな時、スマホが突然鳴り出した。

相手は母親から。

両親にはストーカーのことは話していない。

もし、ストーカーにあっていることを知られたら、すぐにでも一人暮らしを止めて帰ってこいと言うに決まっているからだ。

このタイミングで電話をかけてくるということは、まさか、どこからかバレたのかと思い、電話に出るのを躊躇したものの、出ない訳にもいかず、覚悟を決めて電話に出た。

「もしもし」

「あぁ、アカリ？　今大丈夫？」

「うん」

いつもはおっとりしている母の、少し硬い口調に緊張が走る。

「実はね……遠山さんご夫妻が亡くなったのよ」

「えぇっ？」

母の言葉に私は今現在の自分の状況を忘れ、驚きの声を上げた。

遠山夫妻というのは、私の父親の幼馴染みと、その奥さん。

以前は隣近所に住んでいて、家族ぐるみで仲が良かったのだが——。

ある日を境に彼らは私たちの知らない場所へと引っ越しした。

その原因は……彼らの息子にあった。

＊

今から数年前、私は遠山夫妻の息子である「ともくん」に監禁された。

遠山夫妻は学生結婚をし、早くに子供ができた。

それが「ともくん」だ。

父は大学を卒業し、他県の会社に就職したため、遠山のおじさんとは連絡を取り合うことはあっても、お互いに忙しく、会うことは無かった。

それが、結婚を機に、父が地元に戻り、新居を建てた場所というのが、遠山家の隣だというまさかの偶然に、二人は喜び、家族ぐるみでの付き合いが始まったのだそうだ。

ともくんは、元々人見知りをしない性格なのか、すぐにうちの両親とも打ち解け、かなり懐いていたらしく、第二のパパ、ママと言っていたほど。

うちの母が妊娠した時には、「妹が生まれる」と誰よりもはしゃぎ、生まれたら生まれたで、学校から帰ってくると、自分の家よりも先に我が家にやってきて、私に向かって「ただいま」と言っていたそうで、その溺愛ぶりは父親以上。

遠山夫妻も呆れるほどだったそうだ。

それぐらい私のことを可愛がってくれたともくんであるから、かなり年が離れているとはいえ、私たちは本当の兄妹のように仲が良かった。物心ついた時から私の傍にはともくんがいたのだ。

どんな時でも笑顔で優しく遊んでくれたともくんのことを、私も大好きで、「にぃにのおヨメさんになるー」と言っては、彼も「そうだね。アカリは僕のお嫁さんになろうね」と頭を撫でてくれた。私も「ヤクソクだよー」と言っては、小さな指でゆびきりをせがんでいたものだ。

そんな私たちをあたたかく見守ってくれる両親やおじさんおばさん。

あの頃は凄く幸せだった。

なのになぜ、お兄ちゃんは、私を監禁するなんていう暴挙に出たのか。

それはきっと、私の何気ない一言が発端だった。

「わたし、なおくんとケッコンするの」

別に本気で言ったわけではない。

単なる子供の戯言。

保育園に通うようになった私には、当然、同年代の友達が増えた。

その中でも、仲のいい子というのは決まって来る。

私はその当時、「なおくん」という子と一番仲が良かった。

まだ幼い私には恋心と呼べるような気持ちは無かったのだが、家に帰っても、お兄ちゃんと一緒にいても、「なおくんがねー」と、彼の話をよくしていた。

両親は「アカリはなおくんのことが大好きなのねぇ」と笑っていたけれど、お兄ちゃんはただ黙って聞いているだけだった。

多分、その頃からともくんの心は徐々に歪んでいったんだと思う。

「なおくんとにぃにとどっちが好き?」とか、「なおくんを名前で呼ぶなら、にぃにも、ともくんって呼んで欲しいな」とか。

やたらとなおくんと張り合うようになったのも、今にして思えば、本気の嫉妬からだったのだろう。

それでも、まだ、彼は強行手段に出ることはなかったのだが、事件は彼が高校生に上がり、私が来年、小学生という時に起きた。

学生結婚という身分では、新婚旅行すらまともに行けていない両親に、ともくんが「ボク、一人でも留守番ぐらいできるから、二人で旅行に行って来たら?」と提案し、遠山夫妻もその言葉に甘えた。

成績もよく、真面目なともくんだからこそ、遠山夫妻も留守番を任せたのだろう。

けれど、ともくんの狙いは、家に自分以外誰もいない状況をつくることだったのだ。


母に連れられて近所の公園で遊んでいた時だった。

丁度、母は保育園のママ友との話に夢中になっていたし、私も友達とかくれんぼをしていた。

人気のない茂みの中に身を潜めていると、背後からともくんに肩を叩かれた。

びっくりして声を上げそうになったけれど、咄嗟に手で口をふさがれ、「静かにしてね。今から鬼から逃げようね」と耳元で囁かれ、私はそれに頷いた。

ともくんに手を引かれ、母のいるほうとは逆側の出口から公園を出る。

「かくれんぼは公園の中でしか隠れちゃいけないんだよ?」

そう言って彼の足を止めようとするが、「でも、鬼役の男の子、先に帰っちゃってたよ?」と言われ、「えー。じゃぁ鬼ごっこにならないじゃん」と頬を膨らませた。

不貞腐れる私のご機嫌をとるように彼は、「じゃあ、ボクがホットケーキ焼いてあげるよ」と微笑んだ。

大好物を作ってくれると言われて喜ばないはずはない。

ともくんに誘われるがまま、私は遠山家に入った。

そして、その日から私は監禁されることとなった。


「アカリはボクと結婚するんでしょ？」

優しい声色で囁かれる台詞とは裏腹に、ともくんの目は笑っていなかった。

敏感に彼の異常さを感じ取った私は首を左右に振ることも、縦に頷くこともなく、ただ怯えていた。

「あんなに約束したのに……いつの間にアカリは悪い子になっちゃったんだろうねぇ？ずっと自由にさせていたのがいけなかったのかな？」

小さく小首を傾げて、口元に笑みを浮かべる彼の目は決して笑っていなかった。

その異様な表情は、今まで見たことが無く、不気味で恐怖を感じた。

「い、いやだ」

震える声で後ずさりする私を簡単に捕まえたともくんは、泣きじゃくる私を抱えて自分の部屋に連れていき、ドアを閉めた。

そこからは、泣いても叫んでも怒っても、彼は私を見てニヤニヤするだけ。

食事は部屋に運ばれてくるけれど、トイレはともくんの見ている前で犬用のトイレシートに排泄を強いられる

昼間はともくんは学校。

雨戸を閉められほぼ真っ暗な部屋に私は一人ぼっち。

お菓子やおにぎり、お茶なんかは置いて行ってくれたものの、部屋の鍵は外からかかっていて出ることはできない。

窓を叩いても、外部の人は誰も私の存在に気が付かない。

騒いでも、喚いても、誰も自分がここに居ることに気が付いてくれない。

泣き疲れて眠っては、また暴れて。

そうこうしているうちに、ともくんが帰って来る。

「アカリはパパやママから捨てられたんだよ」

「アカリを守れるのはボクだけ」

「ボクだけがアカリの味方だよ」

そんな言葉を延々と呪文のように唱えられ、トイレをするところを目の前で見られ、そして、排泄物を片付けてもらい、食事を与えられる。

深夜、誰もが寝静まった頃を見計らって、私が寝ている間にお風呂にもいれてくれてい

るようで、朝起きると洋服が変わっていたり、髪の毛が湿っていたりもしていた。

恥辱と不安を与えられると同時に、安らぎと食事を与えられる。

部屋には彼と私しかいない。

頼れるのはともくんだけといった状況下において、彼の命令を受け入れ、従順になるのは幼い子供の精神では当然の流れだった。

多分、ともくんの部屋に監禁されていた期間は十日以上だったと思う。

遠山夫妻が帰って来た後もともくんは私を監禁し続けていたことになるが、その間、誘拐事件として警察が動いていたことは言うまでもない。

ただ、ともくんの部屋は彼がギターをやるということで、完全防音だったことと、遠山家と我が家が家族ぐるみで仲良しだったからこそ発見が遅くなった。

だってそうでしょう?

誰もが認める品行方正で優しいともくんが、警察にもマスコミにも泣きながら「早く見つけてください。ボクの大事な妹なんです」と訴えていたんだから。

誰もが騙されるに決まっている。

それでも、日本の警察は優秀だった。

何がキッカケでともくんが犯人だと分かったのかは、詳しくは知らない。

けれど、紺色の制服を着た人たちが突然、ドアをぶち破って現れたこと。

ともくんだけが自分の全てだと刷り込まれた私が、ともくんから引き離され狂ったように泣き叫んだこと。

そんな私を両親が涙を流して抱きしめてくれたこと。

そして——スーツ姿の刑事さんに、ともくんが両脇を抱えられて、パトカーに乗せられた場面を今でもしっかり覚えている。

彼と最後に目が合った瞬間。

「またね」と、私だけに分かるように口を動かしたことも……。

*

遠山という名前を耳にして固まったままの私に、母が何度も呼び掛ける。

スマホから響く声は聞こえているのだが、うまく声が出せない。

「やっぱり……私たちだけでお通夜は参加してくるわね」

暗く沈んだ声から、まだ私があの事件での心の傷が癒えていないと感じ取ったのが分かり、「あ、違う。別に……憎んでも怖がってもないよ。ただ、二人はどうして？」と、母の勘違いを否定し、遠山夫妻の死因を尋ねた。

「交通事故だそうよ」

「そうなんだ……で、ともくんは？」

「引っ越し先の県内で就職して、一人暮らしをしているそうよ」

「そっか」

母の言葉を聞き、当時の異常なまでの私への執着は大人になると共に消え去ったのだと安心した。

ところで、お通夜はいつ？　どこで？」

「それがね、事故死だからまだ遺体が戻ってきていないみたいでね……」

「そっか……ともくんも辛いだろうね」

監禁されたとはいえ、暴力や性的暴行を受けたわけではない。

精神的苦痛と暗所恐怖症というトラウマは植え付けられたけれど、それでも、今にして思えば、彼の自分への行き過ぎた愛情だったのだと理解できるし、もう過去のこと。

それまでの優しい幼馴染の思い出もあるからこそ、素直に両親を亡くした彼のこと心配し、葬儀の日にちが分かり次第連絡をくれるようにと言って電話を切った。

「もう、十二年も経つのか……きっと、ともくんにも彼女が……ってあれ？　二十八歳なら結婚していてもおかしくない年だよね。もしかしたら、もう結婚してるのかな？　あー……聞くの忘れたぁっ」

ブツブツ独り言を言いながらお風呂に入ろうと立ち上がった時、背後でカチャリと音が響いた。

冷たい空気が髪の毛を靡かせる。

鍵は帰宅した時もきちんと閉めているはず。

窓だって開いていない。

じゃぁ……この風は？

恐る恐る振り向くと、そこには背の高い男の姿があった。

「ひっ」

頬を引き攣らせた私に「久しぶりだね。アカリ。ボクたちを引き離した邪魔者はもういないから。ようやく君をおヨメさんにしてあげられる」と、狂気に満ちた笑顔を向けた。

その台詞。

その顔。

身長や雰囲気はだいぶ変わったけれど、面影はちゃんと残っている。

間違いなく彼は、「ともくん」であり、そして……今、私に付き纏っているストーカー。

「色々、苦労したよぉ。両親の監視が厳しくてさ。こんな年になっても、九州から出して貰えないんだから。もう、大人なんだから、どこに行こうと何しようと勝手だと思わないかい？　お陰でアカリに逢えなくて寂しかったよ。でも、ボクはアカリ一筋だから。浮気なんかしたこともないから安心して。アカリの味方はボクだけだし、アカリを愛してあげられるのもボクだけなんだからさ」

聞いてもいないのに、ベラベラと捲し立てるように独り語りをする彼の目は血走っていた。

「とも……く……ん。な、なんで……」

「でも、今って便利だよね。ネットがあるから、アカリのことはなぁんでも知っているんだよ。ほら。お金さえ出せば、なんでもやってくれる人がこの世の中には沢山いるしね。それに、アカリは自分のことをなんでも曝け出しちゃうからさぁ。一人暮らししたことも、どこの大学で、どこら辺に住んでいるのかも、すぅぐに分かっちゃったよ」

狂ったように話し続ける彼の耳には、私の声は聞こえていない。

一歩一歩彼が近付く度に、後ろへ下がる私は、イヤイヤをするように頭を左右に振る。

「さぁ――アカリ。もう逃がさないよ」

「イヤァァッ」

ジリジリと詰め寄り、そして飛び掛かって来た彼に対し、大きな悲鳴を上げて寝室へと逃げ込んだ。

「なんで逃げるんだい？」

ドンッ！

「ヒッ」

扉を叩く大きな音に、ビクリと肩を震わせる。

ドンドンドンドンッ

「なんでここを開けないんだっ！　悪い子はお仕置きだぞっ！」

「いやぁっ！　やめてぇぇぇっ」

壊れるんじゃないかというほど、ドアが激しく叩かれ蹴られるのを、内側から必死で押さえる。

それでも、男と女とでは力の差は歴然。

蝶番は段々と破壊され、扉本体もミシミシと言い出した。

「早く開けないと、ドアがぶっ壊れるぞ」

もう既に壊れつつありますとは冗談でも言えない状況。

万事休すかと思った瞬間、「警察だっ！　動くなっ」という勇ましい声と共に、慌ただしい靴音が響き、そして、扉にドンッと今まで以上に重々しい音が鳴り響いた。


「容疑者確保！」

その声に、鍵を開け、壊れて動きが鈍くなった扉をゆっくりと開けた。

そこには床に突っ伏した状態で取り押さえられているともくんの姿があった。

「間に合ってよかった！　こいつが例のストーカーですね？」

「現行犯だから言い逃れはできないぞ」

二人の警察官は、一人は私に。

もう一人はともくんに向かって言った。

「丁度巡回中に悲鳴が聞こえたので。本当にタイミングが良かった」

「あ、ありがとうございます」

御礼をいうのが精一杯な私を見て、警察官は「今は気持ちが落ち着かないでしょう。あとで迎えを寄こしますんで、事情聴取等ご協力をお願いします」と言って、彼を連行していった。

これでまた、平穏な日々が戻る——なんてことはない。

だって、彼。

この部屋から連れていかれる直前に、小さく振り返ってこう言ったんだもの。

「……またね」

パパは檻の中で生きている

佐久間譲司

今年で五歳になる少年には不思議に思うことがあった。

幼稚園が休みの日、友達の家へ遊びに行った際に起こる出来事についてだ。家に上がらせてもらうと、時々、そこに友達のパパが居るのだ。友達のパパは、少年に優しく微笑んで、快く出迎えてくれる。

少年は、気恥ずかしさと不思議な気持ちで、いつも体をモジモジさせていた。そして、ついこう訊いてしまいそうになる。

「ちかのおりのなかに入っていなくていいの?」

しかし、少年はママからそれについて、口外することを固く禁じられているため、誰にも言うことはなかった。

少年は少し寂しかった。買い物に行くと、パパとママ、それに子供が揃って歩いているのを目にすることがある。とても幸せそうだ。なのにどうしてウチのパパは地下から出られないのだろう?

少年はママに何度かその質問をしたことがあった。だがママは教えてくれなかった。

「もう少し大きくなったらね」

いつもその言葉ばかりだった。

パパと買い物ができない家は他にもあった。年長組のジュン君がそうだった。ジュン君は体が大きいから、いつもいばってて少年は嫌いだった。

ある時、パパが居ないことについてジュン君と話をしたことがあった。ジュン君はパパとママがリコンした、と言っていたが、少年には良く意味が分からなかった。

詳しく説明を訊くと、パパが家から出て行ったらしいのだ。

なんだ、ウチとは違う。少年はそう思った。パパは家から出て行ってないもんね。いつも地下にいるから。

少年はジュン君に、自分たちは違うということを伝えたら、ジュン君は怒り出した。

「おまえのいえもおやじが出て行ったんだよ。うそをつくな」

そう言って、ジュン君は少年を叩いた。少年は泣きながら違うということを訴えたが、パパについて本当のことを言うことができず、信じてもらえなかった。少年はそれが悔しくて仕方が無かった。

少年は家に帰ると、ママに泣き付いて、事情を説明した。ママは優しく少年の頭をなでながらこう言った。

「ジュン君の家はパパが居ないから、寂しくてあなたに意地悪したのよ。あなたには素晴らしいパパがいるでしょ？　元気を出しなさい」

少年は頷いた。ママの言う通りだと思った。少年は今まで、パパに怒られたことがなかった。幼稚園の友達は時々、パパに怒られたと悲しい顔で話すことがあった。また、パパとママがケンカをして、家の中が怖い、と言っている子も見たことがある。

少年のパパはその二つとも行うことが無かった。

そうなんだ、ぼくのパパはとっても優しい。

少年は自分が人より幸せだということを実感した。


やがて少年は小学校へ入学し、五年生へと進級した。

少年は自分の母が時々、親戚の人たちから、結婚しないのか？　と訊かれているのを目にしていた。母はそんな時は苦笑いをしながら「仕事が忙しくて」と誤魔化していた。

また、母の両親はすでに他界しており、孤立しがちな母は、辛辣な言葉を投げかける時もあった。

どこの馬の骨とも知れない男との間に子供を作った挙句、その男に逃げられた貞操観念の低い女。

少年は、馬の骨だとか貞操観念といった言葉の意味は分からなかったが、それがひどく侮辱を意味したものだということは理解していた。その上、母は今も父と仲良く暮らしている。親戚が言うように、母は男に逃げられたりしていないのだ。少年は親戚に怒りを覚えていた。何も知らない奴等め。

少年にはもう一つ怒りを覚えることがあった。母に言い寄ってくる男の存在だ。親戚や近所の人が、口を揃えて言っているが、母は相当な美人らしい。少年は見慣れているせいなのか、その点はよく分からなかったが、モテているのは確かなようだ。

母は父一筋なので、当然にも言い寄ってくる男は全て突っぱねていた。そもそも愛する男がいる女の人に言い寄るなんて、非常識だと少年は首をひねる。

モテていると言えば、少年も同じだった。近頃、少年はよく自分の容姿をほめられるようになった。イケメン、というフレーズを頻繁に向けられていた。

そのためか、ガールフレンドができた。同じクラスのエリちゃんだ。エリちゃんは小柄でくりくりとした目が特徴の可愛い子だ。

家も近所なので、いつも一緒に帰っていた。遊ぶ時もいつも一緒だった。

ある時、こんなことがあった。少年は、自分の家に、他人を勝手に入れることを母から厳禁されていたが、楽しさのあまり、それを破ってしまった。

母が仕事から帰ってくる時間は、いつも遅かった。だから、それまでにエリちゃんを帰せばバレないと考えたのだ。

二人とも、始めは二階の少年の自室でテレビゲームをやっていた。だが、それに飽き出した頃、追いかけっこに変わっていた。

エリちゃんがはしゃぎながら一階に降りる。少年もはしゃぎながら後を追う。二人はリビングやキッチンを走り回った。

やがてエリちゃんは、廊下へと出て、奥へと向かって行った。

少年は、あっと思った。

エリちゃんは廊下の奥にある一つの扉に手を掛けた。

少年は血相を変えて怒鳴り散らした。

エリちゃんは石を投げつけられた猫のようにビクッと硬直した後、ドアノブから手を離し、泣き出した。

少年はホッと胸を撫で下ろした。あぶないあぶない。お母さんに怒られるところだった。

少年は泣きじゃくるエリちゃんをなだめると、家へと帰した。

それから少しの間、エリちゃんはよそよそしかった。だが、すぐに元通りの仲良しに戻った。

その件以来、少年は母が居ない間は、決して他人を家の中に入れることがなくなった。

母はいつも言っていた。父が地下の檻の中から出ると、家族は離れ離れになってしまうと。

少年はそうなるのがとても嫌だった。だから言いつけを守るしかなかった。


月日は流れ、少年は中学へ入学し、卒業した。そして、地元の進学校へ見事合格した。

少年は高校二年生へとなった。

少年は自身が所属する運動部の活動が終わり、運動場を後にした。夕焼けに照らされた高校の門には、エリが待っていた。

少年はエリに手を上げた。エリは優しく笑う。二人はいつものように、一緒に帰路へ着いた。

二人は話をしながら並んで歩く。少年は、エリの表情に、影が落ち込んでいることを確認していた。

エリは最近、元気がなかった。親とうまくいってないのだという。エリの親は、エリが中学生の時に離婚した。エリは母親に引き取られた。引き取られたとはいっても、元から母方の実家に住んでいたため、出て行ったのは父親のほうだった。不幸中の幸いと言うべきか、少年とエリは離れ離れにならずに済んでいた。

そして、数ヶ月前、その母親は再婚していた。

「イヤな男」

エリはそう再婚相手の印象を語っていた。目つきが受け入れられないのだ。嫌らしい目で自身を見てきているような気がする、とエリは感じているようだ。

「気のせいだよ」

少年は励ました。しかし、エリは不安を拭い去ることができないらしい。

少年はエリの役に立ちたかった。小学校から高校まで、ずっと一緒にいる仲なのだ。

エリは家にはあまり居たくないようだった。そのため、できる限り、家にすぐ帰らなくていいように、エリと長く付き合った。学校が終わり、一緒に帰りながら、途中にある公園や河原で話をするのだ。必要があれば、エリの家にお邪魔することもあった。おしどり夫婦のように、二人はずっと共にいた。時々、同級生からはやし立てられることもあったが、二人は気にしなかった。

そして、いつしか二人は結ばれるようになった。


少年がエリと結ばれて三ヶ月ほどがたった時だった。

少年の母は、父について教えてくれた。

父と母は、幼馴染だった。家が近所で、いつも一緒にいたという。小学校から大学まで、ずっと同じだったようだ。周りからは、仲睦まじい夫婦みたいだと言われていたらしい。

少年は思わず、自分とエリみたいだと呟いた。

「そうね。そっくりね」

母は頷いた。

少年は少し恥ずかしかったが、嬉しかった。あれだけ父と母は愛し合っているのだ。自分とエリの仲が、それと似ていると言われれば、喜びが生まれないわけがない。誇りさえ少年は感じた。エリにも、この話を教えてあげることができればどんなに素晴らしいだろうかと、少年は思う。

母は昔話を続けた。

母は父のことが大好きだった。大好きだったからこそ、父をずっと追いかけた。父が進学する高校や大学を受験した。特に大学は、国立の有名大学だったので、難しかった。母は必死になって勉強した。

そして合格したのだ。

これでまた、ずっと一緒にいられる。

母は、合格した日のことを今でも昨日のことのように思い出せるという。

少年も母の気持ちがよく分かった。自分も、エリと同じ高校に進学できると知った時は、天にも昇る気持ちだったからだ。

地元を離れ、遠い地で、今まで以上に、母は父との愛情を深めていった。

だが、それに暗雲が立ち込めたのは、二人が社会人になってからだった。

母は父と同じ会社に入社することができなかった。しかし、それでも母は、別の地に移り住んだ父を追った。そして近くの会社に入社した。

やがて邪魔者が現れた。父が入社して、三年が経った時に入ってきた新人の女である。見た目は清楚だが、中身は色々な人間に色目を使う醜い女。

母は、その女の印象を、そう語った。

父はその女とよく遊びに行ってたという。映画館や買い物、テーマパークなど、まるで本物のデートのように。

母は父を強く心配した。このままでは、あなたは醜い女にたぶらかされてしまう。不幸になってしまう。救わなければ。

母は、父を救うためにアクションを起した。まずは、中古の家を購入した――それがこの家になるが――そして、地下を造った。業者への説明は、個人宅用のカラオケルームのためだと言った。そのため、地下室の壁全面に防音加工が施された。

鉄格子は、さすがに業者に頼むわけには行かず、母自らが備え付けたらしい。一番骨が折れたと、母は笑いながら語った。

こうして〈愛の巣〉が誕生した。家の購入費や、工事費用を合わせるとかなりの額になり、母は大きなローンを背負った。しかし、父のためだ。母は全く苦にしなかった。

残る作業は簡単なものだった。母は父の生活を全て把握していたため、付け入る隙は幾らでも見出せた。

父の帰宅時を狙い、拉致を決行したのだ。

そこから父との同棲生活が幕を開けた。幸い、父は親との折り合いが悪かったため、捜索願こそは出されたものの、熱心には捜されなかったようだ。そして、例の女こそは熱心に捜索していたようだが、いずれ諦めたらしい。

父との生活は母の人生を薔薇色に染めた。


当然の話だ。家に帰れば、愛する人が待っているのだ。その愛する人はどこにも行かず、ずっと側に居てくれる。ずっと自分だけを見ていてくれるのだから。

父との「同棲」生活が始まって、一年ほどが経過した頃だった。

母は妊娠した。しかし、周囲から見れば、母は独り身であるため、後ろ指を指されるようになった。親戚からも不貞を疑われた。母は孤立したが、それでも出産を決行した。愛する者との間にできた子供であり、また、父に生まれた子供を見せてあげたかったのだ。

「そうやってあなたは生まれた」

母はそう言って微笑んだ。

少年の胸は高鳴った。やはり自分は、世界で一番と言っていいほど愛し合っている男女から生まれたのだ。アダムとイブのように、唯一無二の伴侶を持つ二人から。それはとても誉れ高いことに違いなかった。

少年は、素直にそのことを母に伝えた。すると母は目に涙を浮かべ、少年を抱きしめて言った。

「ありがとう」

少年は、母に抱きしめられたまま、自分も母たちのように素敵な愛を育みたいと思った。


月日は流れる。

少年は、大学へと入学し、卒業した。そして、社会人となった。

元少年が社会人になり、三年目になった時だった。

子供ができた。相手はエリだ。最近、エリの生理が来ないからおかしいと思って、妊娠検査薬を使ったら、案の定ビンゴだった。

元少年は諸手を挙げて喜んだ。チラリと、あの男のことが頭に思い浮かんだが、最後にあの男とエリが会ったのは、かなり前だったので、心配ないのだと思い直した。父親は紛れもなく、自分なのだ。

元少年は、自分の母親に報告をした。最近白髪が増えたと嘆いていたその母親は、大いに喜んでくれた。孫ができたのだ。嬉しくないはずがない。

後で父親にも報告すると母親は言った。元少年は頷いた。父親も間違いなく喜んでくれる。元少年は、二人に孫の顔を見せてあげられることを誇りに思った。

本当は、エリの両親にも、報告してあげたい気持ちはあった。しかし、エリは両親と絶縁状態だったので、あまり望まれないかもしれない。エリが居なくなっても、ろくに探そうとしなかったくらいだから。

元少年は一軒家の自宅に戻った。エリと住むために購入した中古の邸宅だ。諸々含めてローン地獄に陥ったが、それを背負ってこその、一家の主だろう。

元少年は、家の中に入った。

廊下を進み、奥の扉を開ける。

そこにはコンクリートで造られた階段が下へと続いていた。

それを降りきると、音楽室の入り口に備え付けてあるような、防音加工された分厚い扉があった。

元少年は、愛する人に、自分の母親が喜んでいたことを伝えるため、扉を開けた。

月日は流れる。

今年で五歳になる少女には不思議に思うことがあった。
幼稚園での帰宅時間の時だ。大勢のママが、他の友達を迎えに来るのだ。自分のところにはおばあちゃんだ。
少女は、友達のママについこう訊いてしまいそうになる。
「ちかのおりに中に入っていなくていいの？」
しかし、少女はパパからそれについて、口外することを固く禁じられているため、誰にも言うことはなかった。

月日は流れる。

小学五年生になった少女に友達ができた。クラスメイトのユウトくんだ。ユウトくんはとても優しくて、かっこいい男の子だ。

少女はユウトくんと結婚したかった。パパとママのように、仲良く暮らしたかった。

少女はユウトくんに愛を告白した。ユウトくんは、始めは恥ずかしそうにしていたが、やがてコクリと頷いた。

少女は、天にも昇るような気持ちになった。

少女は太陽のような明るい笑顔を、将来の伴侶へと向けた。

見えざる狂喜

快紗瑠

「おーい、お前ら。そろそろ帰れよ」

雷のような激しい音を鳴らして扉が開いたかと思えば、滅多に顔を出さない顧問が美術室に入って来た。

時計を見ると、まだ十七時半。

最終下校時刻は十九時なので、まだ早い。

美術部員はこの時期、コンクールの出展作品を作成しているので、下校時刻ギリギリまで作品に打ち込みたい。

普段、ロクに指導もしてくれない癖に、顧問はこんな時だけ早く帰れと言いに来る。内心、腹が立っている部員たちは、口には出さないものの、『まだ続けさせてください』という意味を込めて顧問の顔を見つめた。

「おいおい。そんなに睨むなよ。俺だって、お前たちの邪魔なんかしたくねぇよ」

気弱で怠惰な教師は頭をボリボリ掻き、面倒臭そうな声を出した。

「ただな。集中豪雨で電車が停まるかもしれねぇから、雨が降りださないうちに、全員帰宅しろっつーお達しが出たんだ。家に帰れなくなる前にさっさと帰れよ」

彼の言葉を受けて、全員が窓の外を見る。

いつの間にか、湿気を含んだ重々しい雲が空を覆い隠していた。

確かにいつ雨が降りだしてもおかしくはない。

電車通学や自転車通学の部員たちは、慌てて画材道具を片付けだす。

そんな中、部長である中島詩織は、まだ何も描かれていない真っ白なキャンバスを手に取り席を立つと、「それじゃあ、先生。施錠をお願いします。皆、先に帰るわね」と、浮かない顔をして美術室を後にした。

彼女は焦っていた。

部員たちが作品を描き進めていく中、自分一人だけが全くの手つかずどころか、描きたいものすら見つからない状態。

休日にはあちこちに出掛けたり、美術館や映画館を訪れたりして、感性を刺激することに努めていたのだが、これといってピンッとくる題材もアイディアも浮かばない。

小さな溜息を吐き、自宅までの道をとぼとぼと歩いていると、いつの間にか大通りまで出て来ていた。

赤信号で立ち止まると、車の往来が激しい道路の向こう側に、詩織は見知った顔を発見した。

「阿川さんだ」

阿川というのは、詩織のクラスメイト。

艶やかな長い黒髪に、透け通るような白い肌。

華やかな容姿を持つ彼女は、遠目から見ても、一際目を引く。

頭脳明晰で生徒会役員もしている阿川と、外見も見た目も地味な詩織とでは、クラス内で親しくしている友人達も当然違う。

二人が学校で話すことなど殆どない。

特に仲がいいわけでもないので、声を掛けるのも戸惑われた。

目の前を行き交う車の合間に見える阿川の凛とした姿に目を奪われていると、ふいに『通りゃんせ』のメロディーが鳴りだした。

「あれ？　まだ信号、変わっていないのに……」

ここは主道路横断用のみ、信号機に音響装置が付いている交差点。

だが、今、青信号なのは従道路の信号機のほうである。

不思議に思い、辺りをキョロキョロと見渡した瞬間、劈くようなブレーキ音と悲鳴が響いたと思いきや、ダンッという低い衝撃音がその場にいた人たちの心臓を跳ね上がらせた。

「きゃぁぁぁ」

「人が撥ねられたぞっ」

「きゅ、救急車っ」

辺りが騒然とする中、詩織は初めて目にする事故のショックで、体が固まったように動けなかった。

ボンネットが凹み、フロントガラスが割れた痛々しい姿の車から、運転手が何かを叫びながら飛び出し、頭を抱えている。

数メートル先に飛ばされ、顔面から地面に叩きつけられた人は、ピクリとも動くことはなく、アスファルトに赤い染みを広がらせていく。

目前に広がる生々しい景色を脳が受け入れることを拒否しているのか、詩織の耳には人々の声も、車の騒音も、全てがノイズのように聞こえていた。黒いアスファルトに散らばったガラスの破片が車のライトに照らされるたびにキラキラと輝き、まるで星屑が地面に落ちたような錯覚を引き起こした。

赤と黒と光の狂宴が網膜に焼きつき、全身に激しく血液が流れる。

ドクンッドクンッと鼓動が高鳴る。

詩織は、これが死と対面した恐怖からなのか、それとも、別の感情からなのかは分からなかったが、いつの間にか『通りゃんせ』は消え、かわりにサイレンの音が近付いてきたことに気が付いた。

辺りを見回すと、いつの間にか人だかりができていた。

しかし、その中に阿川の姿はどこにもなく、ポツリポツリと降りだした雨によって、野次馬の群れもサァーと捌(は)けていった。


「おはよう。中島さん」

下駄箱でふいに背後から声をかけられ振り返ると、そこには阿川がにっこりと微笑んでいた。

いつも大勢の取り巻きに囲まれている彼女が一人でいること自体珍しいことなのだが、

下駄箱では、顔を合わせれば挨拶する程度なのに、わざわざ阿川のほうから詩織の元に近付いてきて挨拶したことに驚きを隠せなかった。

挨拶を返そうとして口を開くが、昨日のこともあってか変に緊張して、「お、お、おはよう……ございます」と、どもってしまった。

「ふふっ。同じクラスなのに何で敬語なの？」

目を細めて上品に笑う彼女は、詩織の噛み噛みの挨拶よりも、敬語のほうが気になったようだ。

詩織にとってはクラスメイトとはいえど、手の届かない場所にいる、いわば憧れ的な存在。

タメ口なんて恐れ多いと思い、内心オロオロしていると、阿川は更に有り得ない言葉を発した。

「せっかくだし、教室まで一緒に行かない？」

自分のような地味なタイプと、どこにいても注目を浴びる阿川が二人並んでいたら、誰がどう見たってチグハグでおかしい。

第一、話も合わないと思い、断ろうとしたのだが、意外と強引な面を持つ阿川は、有無を言わさず詩織の腕を掴んで廊下を進んだ。

「あ、あの……阿川さん、昨日……」

「なぁに？　中島さん」

にっこりと微笑みながら振り返る彼女の目は全く笑っていない。

共通の話題が思いつかず、居心地の悪さを感じていた詩織が、苦し紛れに昨日の事故について話そうとしたのだが、それを阿川は無言の圧力で口にすることを許さなかった。

押し黙る詩織を見て、「昨日、何か面白いドラマでもあった？」とわざとらしく話を変えると、何かに気が付いたかのように、「あっ……」と言って視線を下にズラすと、いきなり詩織の手をとった。

「え？」

急な出来事にポカンとする詩織を余所に、阿川は、「こんなに手が荒れてる」と、その手を摩る。

「あ、す、すみません。部活で画用液を使っているんで……」

白磁を思わせるひんやりとした滑らかな指先が、カサつき、節くれだった自分の指を撫でるのを見て、同じ女性として恥ずかしくなった詩織は頬を赤く染めると、やんわりと彼女の手を外した。

静かな拒絶に反応し、僅かに表情を曇らせたものの、すぐに阿川は閃いたような顔をして、鞄の中から何かを取り出した。

「これ、ハンドクリーム。無添加だし、少しは効果あると思うから使ってみて」

「そ、そんなっ！　肌荒れぐらいいつものことだから気にしないでっ」

差し出された手の中には、いかにも高級そうな外国製のハンドクリーム。

日焼け止めクリームすら塗らない詩織は、冬場に遣うハンドクリームもコンビニで買う安いもの。

こんなところでも彼女と自分との差を感じ、詩織は落ち込んだ。卑屈な気持ちを誤魔化すように両手を胸の前で振り、阿川の申し出を断ってると、背後から走ってきた男子生徒にぶつかってしまった。

「きゃっ」

よろけたタイミングで、わざとではないが、阿川の手をはたいてしまう形になり、彼女が持っていたハンドクリームが床に落ちた。

「ご、ごめんなさい」

慌てて拾おうとしたのだが、運悪く、「芳江っ」と、阿川のファーストネームを大声で呼びながら、駆け寄って来た藤崎彩音に踏み潰された。

ブチュリッと音を立て、中身が漏れる。

彼女の上履きの裏と床にベットリとクリームが付着した。

「やっだぁ～」

自分の上履きの裏側を見て、大袈裟な声を上げる藤崎は、踏んだものに対する謝罪の言葉はない。

それどころか、「誰よ。こんな所にハンドクリームなんて落としたヤツは……」と、不快感を露わにしていた。

「あ、えっと……ごめんなさい」

物自体は阿川の物だとはいえ、落とした原因は間違いなく自分にあるので、詩織は藤崎に向かって、申し訳なさそうに頭を下げた。

「あ～……中島ちゃん、見るからにトロそうだもんねぇ。見てよコレ。上履きも床もベトベト」

犯人が自分よりも格下だと分かった藤崎は、ネチネチとした態度で厭味を言う。

声が大きく、派手な見た目の藤崎が、廊下の真ん中で騒ぐものだから、周りの生徒たちも遠巻きに集まり、好奇の眼差しを向ける。

「ってか、何？　コレ、めっちゃ高級品じゃん。中島ちゃん、地味子なのに、こんなの使ってるなんて生意気ぃ～」

踏まれてグチャグチャになったハンドクリームを汚いものでも触るかのように、人差し指と親指で摘まみ上げた藤崎が詩織を小馬鹿にすると、阿川が珍しく低い声を出した。

「それ。私のなんだけど」

無表情な阿川に見つめられた藤崎は、「え？　芳江のなの？　え？　でも、今、中島ちゃんが謝ったよね？」と、焦りだす。

この様子を見れば力関係は歴然。

阿川の機嫌を損ねないように、言い訳を探して焦っている藤崎の滑稽さを、〝いい気味だ〟と思えるほど詩織は図太い神経を持ち合わせてはいない。

品行方正で常に笑顔を湛えている彼女の、初めて目にする冷たい雰囲気に、詩織までもが怯えた表情を見せるが、それも僅かな時間だけのこと。

すぐにいつも通りの朗らかな笑みを見せた阿川に二人はホッと胸を撫でおろした。

「それより、彩音はそそっかしいから気をつけなさいよ。クリームの油分で滑りやすいからね」

ポケットからティッシュを取り出し、「これで拭きなよ」と藤崎に手渡した阿川は、その場にしゃがみ、床を綺麗に拭いていく。

「あ、わ、私も拭きます」

一緒に拭こうと思い、腰を屈めた詩織に向かって、「大丈夫よ。すぐに済むから」と、サッと片手で制した。

そのスマートな行動に見惚れたのは詩織だけではない。

三人に注目していた周りの生徒たちからも、「ほうっ」と感嘆の息が漏れたと共に、これ以上は揉めることはないだろうことを察して、みんな散り散りと去っていった。

それから藤崎も混ざり、三人で教室まで行くことになった。

大人しいタイプの女子を毛嫌いして、下に見ている藤崎は、もともと詩織のことが好きではなかったのだが、ついさっき、大好きな阿川から冷めた目で見られたのは、自分が悪いわけではなく、詩織のせいだとムカついていた。

詩織は詩織で、完全に藤崎に嫌われたことを敏感に察知していたので、正直、この組み合わせで一緒にいるのは、落ち着かない。

一人で行きたいのは山々なのだが、阿川から「三人で行きましょう」と言われてしまえば、断るのも角が立つ。

仕方なく詩織は二人の一歩後ろをついて歩いていると、時折、藤崎と会話をしている阿川が話しかけてくるので、適当に相槌を打っていたのだが、それすらも藤崎は気に食わないらしく、阿川に気付かれないように睨みつけてくる。

その視線を受けて、小さな溜息をつくと、阿川が急に大きな声を出した。

「やだっ。忘れてたっ」

「どうしたの？」

ちょうど階段を上りきるかきらないかというところで立ち止まった阿川に、藤崎が振り返る。

「彩音、ごめん。羽鳥先生から始業前に職員室へ来るよう彩音に伝えてくれって言われてたのすっかり忘れてた」

阿川は困ったように眉を下げた。

「え～。マジかぁ。って、始業前って……予鈴まであと五分じゃん！　芳江、気が付くの遅いよぉ～」

「だから、ごめんってば！　鞄、教室まで持って行くから、早く行って来て」

頬を膨らませる藤崎に向かって、両手を合わせ、拝むような仕草をすると、阿川は彼女の鞄に手をかけた。

「分かった。じゃあ、鞄。宜しくね」

急いで階段を駆け下りようと、足を踏み出した藤崎に、「彩音っ！　あぶないっ！」と、阿川が切羽詰まったように叫んだ。

普段、声を荒げることなど滅多にない阿川の、あまりにも大きな声に、ビクリと肩を揺らした藤崎は、驚きのあまりバランスを崩した。

階段からツルリと滑る足。

咄嗟に手摺りを掴もうとして、空を切る手。

ゆっくりとコマ送りのように背中から落ちていく体に、詩織は手を伸ばしたが、目で見ている以上に落ちるスピードは早い。

「きゃぁぁぁぁっ」

金切声が響き渡るが、それも一、二秒のこと。

咄嗟に目を瞑る詩織の鼓膜を震わせたのは、ドンッという鈍い音の中に、ゴキッという嫌な音が混じった、不吉な音色。

そして、床や壁を揺らすほどの悲鳴があちこちから上がった。

肩を縮こませ、その場に立ち尽くしていた詩織が、ゆっくりと瞼を開けると、階下には藤崎が首や手足を不自然な方向に曲げた格好で、倒れていた。

〝まるで、糸の切れたマリオネットのようだ――〟

不謹慎ではあるが、詩織は、自分が目にしているモノを、自らの妄想の中へと溶け込ませ、赤い花が咲き誇るお花畑の中で眠る、壊れた人形をイメージさせることによって、惨たらしい現実から逃避し、なんとか心の均衡を保とうとしていた。

「ちゃんと忠告したのに。クリームの油で滑りやすいって」

取り乱さないよう必死になっている詩織の耳に届いたのは、やけに冷たい阿川の台詞。

滑りやすいと分かっていて、慌てさせたのも阿川。

そして、駆け出した彼女のバランスを崩させたのも——阿川。

〝まさか？〟

思わずハッとなって彼女の顔を見る詩織に、阿川は再び「作られた」笑みを向けた。

「桜といい、花火といい。日本人って儚いものに美しさを感じるけれど、一番儚いものって、人の命だと思わない？」

小首を傾げる阿川の言葉に、詩織が頷くことができずにいると、小さく息を吐き、「貴女はこっち側の人かと思ったのに残念ね」と言って、彼女は倒れている藤崎へと、ゆっくりを足を踏み出した。

「今度のコンクールに出展する絵。楽しみにしているわね」

詩織の横を通り過ぎる時、そんな言葉を呟いた阿川の目が嬉々としていたことに、背筋がゾクリとした。

藤崎の通夜から帰宅した詩織は、夕飯を食べる気力もなく、ベッドへとダイブした。

静かに目を閉じると、藤崎が階段から落ちていくシーンが鮮明に浮かび上がる。

平凡、平穏どころか、底辺で這っているような、何の起伏もない日々を送っていた詩織にとって、この二日間は 刺激的と言うには、あまりにも衝撃的な出来事の連続であった。

初めに目撃した交通事故は、後から知ったのだが、亡くなったのは視覚障碍者だったらしい。

音響装置の音と、誰かのスマホの着信音とを勘違いしての不幸な事故として片付けられたそうだ。

そのスマホの着信音が誰のものであったのかは、警察も突き止められていない。

とはいえ、例え、それが誰のものか突き止められたとして、その人に悪意があったわけではないのだから、罪に問うこともできないので、この件は、きっと長くは捜査されることなく、いつの間にか忘れ去られるであろう。

そして、藤崎の死。

警察や鑑識の出入りが激しく、校内は一時騒然としたものの、こちらも、「慌てて階段を駆け下りようとした藤崎が、足を踏み外して落ちた」と、多くの生徒たちの目撃証言が全て一致したので、事件性は皆無だと警察は判断した。

「……疑っちゃ悪いけど……まさか、阿川さんが？」

二つの事故を思い出し、ブルッと体を震わせた詩織は、「そんな、まさか……ううん。そんなわけない。全部、偶然よ。その証拠に彼女は一切、被害者に手を触れていなかったじゃない。第一、殺す理由が見つからないわ」と自分に言い聞かせるように呟き、制服を着たまま布団の中で丸まった。

素人があれやこれやと推理したところで、既に警察は事故として片付けたこと。今更どうにもならないし、それなら、さっさと忘れてしまおうとすればするほど、詩織の頭の中には、赤い原色の世界がチラついて、中々眠りにつくことができなかった。

数週間後——
人の死というものは、案外と薄情なもので、余程近しい人以外、さほど影響を与えないのだと、詩織は身をもって感じていた。

クラスメイトたちも、数日程度は彼女の死を悔やみ、悲しみの色に染まっていたけれど、学生の時間の流れは早い。

定期考査や学校行事に、部活に進路。

考えることも、やることも目白押しで、藤崎のことなど、たまに思い出す程度で、皆、何事もなかったかのように、それぞれの生活を満喫していた。

近しい間柄であったはずの阿川や、そのグループの人たちでさえ、平気な顔をして過ごしているどころか、笑顔すら浮かべている。

教室の片隅から、相変わらず華やかな彼女たちを盗み見していると、不意に阿川と目が合ったような気がした。

別に咎められるようなことなどしていないのに、なぜかドキリと心臓が大きく跳ね上がる。

咄嗟に視線をズラし、何でもないようなフリをした後、再び、阿川のほうを見れば、彼女もまた、友人たちとのお喋りに夢中になっていた。

それが詩織と阿川との距離。

互いに『別世界』の住人と認識し、決して交わることはないのだと改めて突きつけられた気がしたものの、それぐらいハッキリと境界線を引いてくれたほうがむしろホッとする。

あんなに仲良く見えていても、その場から居なくなれば、居ないことに慣れてしまう。彼女たちがいう「友達」なんていうものは、結局は表面上の付き合いでしかない虚しいものなんだろうという、意地の悪い考えを打ち消し、放課後、美術室へと向かう。

ようやく描くものが決まった詩織は、複雑な想いを胸の奥深くへと閉じ込め、目下の目標である絵画コンクール出展作品に意識を集中させた。

「中島。もう遅いから帰れよ」

大きな音をたてて扉を開けた顧問の、呆れたような声によって、詩織はようやくキャンパスから顔を上げた。

一体、今は何時なのだろう？

窓の外は薄暗くなっていた。

室内を見渡すと、詩織と顧問以外誰もいない。

いつの間にか、部員は全員片付けも終えて帰ってしまったらしい。

「すみません。下校時刻は……」

「ギリギリだ。早く片付けて帰れよ。俺が施錠しておくから」

恐る恐る顧問の顔を窺うように時間を聞こうとすれば、さっさと帰りたいのか、被せ気味に返事をする。

背中に「喋る暇があるなら、さっさと手を動かせ」とでもいうような冷たい視線を感じ、急いで筆を洗い、画材道具をしまうと、「遅くまですみませんでした」と言って、足早に部室から立ち去った。

陽は沈む時は一気に大地に呑まれる。

美術室から見た空は、まだ薄っすらと赤味がかった色をしていたが、校舎から出ると、既に夜の闇が辺りに充満していた。

詩織が通う道は、もともと交通量も少ない上に、時刻は一般的に夕食前。

人通りも殆どない。

住宅街を歩いている時は、窓から漏れる明かりや街路灯で、そこそこの明るさが保たれているので、不安になることはないのだが、徐々に家が少なくなっていくたびに、暗さが増していく。

数百メートル進めば、まだ記憶に新しい事故現場を通るかと思うと、夜の闇が深まるのと相まって、重々しい雰囲気に包まれる。

ふと前を見ると、腰の曲がったお婆さんが、道路を横切ろうとしていた。

数十メートル先には、横断歩道も信号機もあるのだけれど、そこまで行くのが億劫なのだろう。

左右を確認し道路へと足を踏み出した。

この道は幅が広く、よく大型トラックも通る。

一見、見通しがいいように見えて、すぐ先にはカーブがあり、そこから猛スピードで車がやってくることも多々ある。

お婆さんの歩く速度では、渡り切るまでに結構時間がかかる。

「危ないなあ」

ヒヤヒヤしながら彼女の動きを見ていると、案の定、カーブミラーには、ヘッドライトの明かりが小さな点のように見えた。

どんどん大きくなる二つの光は、トラックらしき物体が物凄いスピードで走って来ていることを示していた。

とはいえ、お婆さんも、もうあと少しで道路を渡り切るところ。

事故になることはないだろうと思っていると、「お婆さんっ！　何か落としましたよ！」

という女性の声が響き渡った。

まっすぐ進んでいたお婆さんは、その声に反応し、体ごと振り返った。

老人になると、注意力が一つの物事にしか集中できなくなる。

その為、一度、安全な場所へと渡り切ることが先決だったはずの彼女は、たった今、与えられた新しい情報——『自分が何かを落としたのかもしれない』という部分にだけ意識が集中してしまい、自分の足元ら辺をキョロキョロと見渡しながら逆走した。

真っ直ぐ道を渡り切ると思っていた老婆の、予想外の行動を誰が予測できただろうか？

猛スピードでカーブを曲がって来たトラックの運転手は、フラリと車道に戻って来たお婆さんの姿を見るや否や急ブレーキを踏み、ハンドルを大きく切ったが間に合わない。

耳を塞ぎたくなるような凄まじいブレーキ音とドンッという衝撃音。

勢いよく吹っ飛ばされた黒い影が、地面に叩きつけられるまでの僅か数秒にも満たない時間が、まるでコマ送りのように詩織の網膜に焼き付いた。

あまりに生々しい現場に、脳はこの前と同じように現実を捉えることを拒否した。かわりに、パックリと割れたザクロから、赤い実と新鮮な果汁が飛び散っているような幻覚をもたらす。

呆然と立ち尽くしていると、「大丈夫かっ！」という大きな声が響いた。

運転席から血相を変えて出て来たトラックの運転手が、道路に横たわりピクリともしない塊へと駆け寄る姿が目に入った。

ようやく、今起きた事故が現実のものだと認識できた詩織は、無意識のうちにガクガクと震えだしたものの、「け、警察……う、ううん。救急車っ！」と言ってスマホを取り出すが、その手を誰かが止めた。

「え？」

手首を掴む人物が目に入った途端、息を呑み込む。

そこには、居るはずのない阿川の姿があった。

「生と死って、隣りあわせよね」

「は？」

街路灯に照らされた彼女の顔は、興奮しているのか、頬に赤味が差し、凄惨な事故現場に相応しくない、恍惚とした表情をしていた。

人が一人死んでいるのに、不謹慎なことを言う彼女を訝しげな目で見つめると、彼女はフッと笑った。

「あら。私、中島さんなら分かってくれると思ったんだけどな」

軽い口調で話す彼女は、「このままここに居たら、目撃者として警察署で根ほり葉ほり聞かれて、解放されるのは深夜よ」と言って、詩織の手首を持つ手にギュッと力を入れると、そのまま引っ張るようにして歩き出した。

「中島さんはさ。私のこと、人殺しだと思っているんでしょう?」

自分のほうを振り返らず、淡々と話す彼女の声を聞いて、さっきお婆さんに声をかけた女性は阿川だったのだと認識した。

そして、道路の真ん中に何かを落としたのも、彼女の仕業だったのだろう。

今までの事件も、彼女のスマホから「通りゃんせ」が鳴っていたとしたら?

ハンドクリームを踏んで上履きが滑りやすくなっている藤崎に、わざと階段を上ったところで焦らせ、更には驚かせるような声を上げたのだとしたら?

それらが導き出す答えは、阿川が無差別に人を殺して楽しんでいる異常者だということ。

詩織は爪が食い込むほど握りしめられた手首を見つめながら、自分の命を奪いかねない彼女の神経を逆なでしないよう、どう返答すればいいのか考えあぐねていた。

だが、次の瞬間阿川は、くすりと笑って言った。

「でも、私が人殺しじゃないことを一番よく知っているのは、中島さんだからね」

「え?」

「だってそうでしょう? 私、誰かを突き飛ばしたわけでもないし、音響装置を壊したわけでもないもの。ただ、〈音響装置〉に似ていた着信音を聞いた視覚障碍者の人が運悪く、車道に向かって歩き出しちゃっただけだし。上履きの裏にクリームがついちゃって、滑りやすいから『気を付けて』と言ったのに、駆け出すものだから、たまたま大きな声を出したら、驚いて足を滑らしちゃっただけだし」

捲し立てるように話す彼女は狂喜に満ちた瞳を輝かせ、詩織が口を挟む間を与えず、更に続けた。

「今だってそう。私には、たまたまお婆さんの通り過ぎた後に、光るものが見えたから、呼び止めただけ。でもさ……」

事故現場からある程度離れたところまで歩いたであろうことを確認した阿川は、そこでようやく立ち止まり、詩織のほうに体ごと振り返った。

「それって、本人の運とタイミングが悪いだけで、私が悪いわけじゃないじゃない？」

「そんな……」

まったく罪悪感を持っていない様子の彼女を、驚きの眼差しで見る詩織はポカンと口をあけたまま、それ以上言葉が出せずにいた。

「だってそうでしょう？　まずはさ、『通りゃんせ』の音。私のスマホから鳴ったのは確かだけど、あれ、着信音よ？　私が鳴らそうと思って鳴らしたわけじゃないし。単なる偶然。それに、視覚障碍者の人って、目が見えない分、耳がいいって言うじゃない。だったら、音響装置とスマホの音を間違えると誰が思う？　もし間違えても、私の他にも、人は何人もあの場にいたのよ？　だったら足を一歩出した瞬間に、誰かが止めれば、彼は死ななかったわけだし」

言われてみれば確かにその通りだ。

頭では阿川の言っていることは正論だと理解していても、詩織の中にはモヤモヤとしたものが湧き上がる。

「彩音にしたって、私は一度、忠告したでしょう？　あのコ、そそっかしいし、滑りやすいから気をつけなって。でも、その言葉を無視して駆け降りようとしたのはあのコ自身。それを注意しようとして大きな声を出してしまったのは悪かったけど、あれだって、運がよければ、手摺りを掴んで、怪我すらしなかったはずだわ。階段から落ちたところで、怪我をする程度で普通は終わると思わない？」

これもその通りだ。

でも、もしも。

もしも、阿川が初めに言った、「そそっかしい」「滑りやすい」という一言で、藤崎が心の奥底で「危ない」「走ると落ちる」という暗示にかかっていたのだとしたら？

そう考えると、大怪我、もしくは死に至る確率のほうが上がるのではないだろうか？

「今の事故だってそうよ？　お婆さんがカーブミラーを確認していたら、私の声を聞いたところで、あんなところで引き返したりしないでしょう？」

ニヤリと口角を上げる阿川は、〈それでも、貴女がしたことは事故死した人達の直接の原因になっている〉という意志を含んだ詩織の批判的な眼差しをサラリと受け流した。

「ふふふ。そんな怖い顔をしたって、私は悪くはないわよ。さっきも言ったけど、悪いのは皆――運とタイミングだけ。私はただ、その運を試すサイを投げただけ」

そう言って綺麗に笑う彼女に、詩織は小さく呟いた。

「人殺し……」

口内で消えてしまいそうなほどの小さな音は、しっかりと阿川の耳に届いていた。

ピクリと眉を上げた彼女に、一瞬、『殺される』と身構えた詩織だったが、すぐに声をたてて笑う阿川の姿に呆気にとられた。

「あははは っ！　残念っ。私は人殺しなんかじゃないわ。だって、法も人も、私を裁くことはできないんだもの」

高笑いが止まらない阿川に対し、「最低」の意味を込めた視線を向けると、その目が気に食わなかったのか、突然、ピタリと笑うのを止めた。

「あら、その目は心外だわ。私からしてみたら中島さん。貴女のほうがとっても最低よ？」

そう言うや否や、彼女はポケットからスマホを取り出し、印籠のように詩織の目の前に差し出した。

「っ！」

画面に映し出された写真を見て、驚きのあまり思わず両手で口を塞いだ。

そこには、目を爛々と輝かせ、嬉々とした笑みを浮かべる詩織の姿が映し出されていたのだから。

「これね。交差点の事故直後の中島さんの顔よ。あまりにも嬉しそうに死体を見つめているものだから、つい撮っちゃったの」

「わ、わ、わた、し……」

ブルブルと震え出す体を両腕で抱き締めると、彼女はまた違う写真を見せてきた。

「これは、階段での横顔……こんなにも嬉しそうな顔しちゃって……まるで、貴女がキャンパスに向かっている時のようね」

クスクスと耳元で笑う阿川の言葉に愕然とすると共に、自分が人の「死」を目の当りにした時の「感覚」が色鮮やかに思い出された。

儚い命の散り際に見た、恐怖と衝撃の中にあるパッションと虚無。

そこに詩織は独特の「美」を見出し、魅入られてしまっていたのだ。

「貴女の描いている作品のタイトルも――確か、「生と死の狭間」だったわよね？　私たちって似た者同士よね。ふふふ。これからも、私の傍にいれば、あなたの見たい景色を楽しませてあげるわ」

ダメ押しとばかりに告げられた阿川の言葉に、詩織は悟った。

狂気は身近に存在するどころか、己の内側にあるということを。

そして、それは、誰にも止められない禁断の果実でもあるということを――

こどもひゃくとおばんの家

闇桜

「おはようございます」

黄色いランドセルカバーがまだ新しい茉莉花の元気な声が響いた。

目の前には箒と塵取りを持った初老の主婦が立っている。

「おはよう。きょうも元気でとってもよろしい」

藤崎恵子に褒められて、茉莉花の笑顔がさらに咲いた。

恵子が住む立派な屋敷の門前は通学路になっていて、彼女はそこを毎朝掃除していた。

茉莉花は優しくてふんわりといい匂いのする恵子が大好きだった。


幼い頃の記憶では、ずっと前にそこにいたのは気難しい顔をした老人だった。いつも生垣の手入れをしていたが、門前を通るだけで怒鳴られそうな気がして茉莉花はびくびくしながら母親に連れられ幼稚園に通ったことを覚えている。

ある日それを思い出して、あの老人が誰だったのか夕食の時ママに訊いたことがあっ

たが、

「それはおばちゃんのだんなさんのお父さんよ」

と、茉莉花にとってはややこしい答えが返ってきた。

「へえ、藤崎さんちお舅さんいるんだ」

茉莉花よりも先に今度はパパが分からない言葉で返す。

「そうなの。それでお舅さんが認知症になって、お世話が大変なんだって。藤崎さんってきっちりした人でしょ。だからちゃんとお世話してるんだけど怒鳴られたり、物をぶつけられたりするらしいわ。

だんなさんは海外赴任でずっといないし。なんだか報われないわよね。あーあ、うちもいずれ来る道かあ」

ママのため息を聞いて、おばちゃんが大変なのは分かったが、言ってる意味はよく分からない。

きっとおばちゃんはすごく頑張ってるってことなんだと、茉莉花は一人納得して、ますます恵子のことが好きになった。

とにかく、今ここにいるのがおばちゃんでよかった。

「いってきまーす」

とびきりの笑顔で手を振ると、恵子も手を振っていつまでも見送ってくれた。

おばちゃんがいれば安心だ。

茉莉花は足取りも軽く学校へ向かった。


入学した頃、最初の三日間だけママに付き添ってもらった茉莉花も今は一人で登下校している。

ふつうは近所の友達や兄弟姉妹と連れ立って登校するのだが、一人っ子の茉莉花は近隣に同じような小学生もいない。

この小学校区では最近そういう児童が目立って増えてきたので、『こどもひゃくとおばんの家』が何軒か配置されることになった。住宅街のような人目のある場所でも安全とは言い切れなくなってきたためだ。

藤崎家も『こどもひゃくとおばんの家』として旗を掲げている家の一つだった。

赤地に白い犬のお巡りさんが描かれた旗の役割を茉莉花は十分知っている。入学式のあと集まった教室で担任の先生に教えてもらったからだ。

茉莉花にとって恵子は優しくて頼もしい白い犬のお巡りさんだった。


その日の放課後、茉莉花はお喋りが楽しくて、友達の家の方向へと一緒に帰ってしまった。遠回りになるのは少しだけだと軽く考えたのだ。

友達とバイバイした後、あてずっぽうに我が家の方向へと歩き出し、見知らぬ細い路地を何度も曲がった。

その時はまだ不安を感じていなかったが、しばらくして何気なく振り向いた茉莉花は、少し離れてついてくる野球帽をかぶった男に気が付いた。

たまたま同じ方向を歩いているだけだと自分に言い聞かせたが心臓がどきどきしてくる。

振り返る度に少しずつ距離が縮まっているような気がした。

目深にかぶった帽子の下から男がじっとりとこっちを見つめている。

茉莉花は早足で先を進んだ。すると後ろの足音がどんどん迫り、

「お嬢ちゃん。一人じゃ危ないから送ってあげるよ」

男が腰を折って目の前に顔を突き出してきた。

口を開いて笑っている黄色い歯が気持ち悪く、変な臭いもする。

茉莉花はとっさに男をかわし、力いっぱい走った。

ランドセルの中身が飛び跳ねてかたかたうるさい。

通行人は一人もおらず、いつもの通学路も見つからない。

次の角を曲がれば知っている道に出るかもしれない。誰かいるかもしれない。そう期待しながらにじむ涙を袖で拭いてひたすら走った。

あっ。

茉莉花は肩ベルトで揺れているものに気付いた。

防犯ブザーだった。思い出したと同時に角を曲がる。

前方に恵子の姿が見えた。

いつもの通学路に出たのだ。

「うわあああん。藤崎のおばちゃあん」

ブザーの紐を引こうとしていた茉莉花はその手を放し、門前で水を撒いている恵子に駆け寄った。涙があふれて止まらない。

「どうしたの茉莉花ちゃん」

「怖い、おじさんが、追いかけて、くるの」

泣きじゃくって後ろを指さした。

恵子は顔をしかめ、「いやだ。大変だわ」とバケツを置くと茉莉花を門の中に引っ張った。

「何なの、あなたっ」

恵子は門扉を閉めながら近付いてくる男を睨み付けた。だが声が震えている。

おばちゃんも怖いんだ。


そう思うと安心できなくて、玄関に向かってアプローチを走った。

「待って茉莉花ちゃん」

呼び止める恵子の声がしたが、勝手に引き戸を開けて中に飛び込むとそっと顔だけを出す。

下卑た笑顔を浮かべ男が門扉に手を掛けるのが見えた。

「警察を呼びますよ」

恵子の脅しにひるむことなく男は門内に侵入してくる。

慌てて玄関に飛び込んできた恵子が引き戸を閉めかけるも隙間から差し込まれた男の足で戸が止まった。

「きゃあああ」

恵子の悲鳴が響き渡る。

茉莉花は靴を飛ばして上がり框に飛び乗った。下駄箱の上には天然石の置物の横に電話が置かれていたが、それに気付かず廊下を奥へと逃げる。

「おどしじゃないわよ。本当に電話しますからね」

恵子の声とピッピッという音を聞きながら廊下の突き当たりを左に曲がった。

目の前には暗くて長い廊下が伸びていた。

右側には大きな窓が並んでいる。開いていれば庭に面した縁側になるのだろうが今は雨戸がすべて閉まっている。あまりの暗さに一歩を踏み出せずにいた。

「何すんの。放しなさい！」

恵子のけたたましい声で我に返ると茉莉花は暗闇に踏み込んだ。左手で壁を伝いながらそろそろと奥に進む。

玄関からはまだ争う声がしている。

茉莉花は再び突き当った廊下を曲がった。

そこに並んだ大きな窓も全部雨戸が閉まっていた。恐る恐る進むと左手が障子に触れた。この中に隠れていよう。

そっと開けると真っ暗な部屋からひどい臭いが噴き出してきた。思わず鼻を押さえて入るのを躊躇ったが、玄関から一際大きな音が聞こえ、怖くなった茉莉花は中に飛び込んだ。

両手を前に突きだし暗闇を探りながら奥に進む。どこに足を持って行っても何かを踏んだ。テレビで観たゴミ屋敷が頭に浮かび、靴下が汚れそうで気持ちが悪い。

玄関のほうからはもう声も物音もしなくなっていたが、しばらくここで待っていようと考えていた矢先、間近で呻き声がして闇が動いた。いっきに何とも言えない臭気が立ち上り、茉莉花はしゃがみ込んでしまった。

パチンと音がして部屋の明かりが点く。

ゴミの散乱した和室の入口に恵子がいた。照明のスイッチに手を置いたまま、瞬きもしないでじっと立っている。

「おばちゃんっ」

ほっとして立ち上がった茉莉花の横で呻き声がした。

汚れたベッドの上にミイラのような裸の男が転がっていた。黄色く濁った目で見つめている。

「きゃあ」

腰が抜けた茉莉花はゴミの上に座り込み、涙目で恵子に助けを求めた。

だが、

「なんでここに入ったの」

低くて暗い恵子の声がした。

恵子のそんな声を今まで聞いたことがない茉莉花は戸惑った。

「なんでここに入ったかって聞いてるのっ。いったい何を調べているのっ」

ゴミを蹴散らしながら詰め寄ってきた恵子に腕をつかまれ、すごい力で引っ張り上げられる。

「痛いよ。わたしなんにもしてない。隠れてただけだよ」

涙を浮かべ訴えても力は緩まない。

「怖いよう、怖いよう」

ミイラ男が叫び始めた。

「うるさいっ」

恵子がへこんだ腹に拳を落とす。

「ぐぼっ」

赤黒いどろどろしたものを吐き出してミイラ男は静かになった。

それを見て茉莉花の声が出なくなってしまった。

「あんたのおかげでゴミがまた増えたのよ」

恵子はランドセルの肩ベルトをつかんで茉莉花を廊下へ引っ張りだすと、「見なさいっ」と頭を押さえつけた。

廊下には茉莉花をつけてきた男が倒れていた。頭が割れて血が溢れ出している。引き摺ってきた赤い筋が廊下に伸びていた。

「これはあんたのせいだからね。中に入れるからさっさと手伝うのよ」

恵子の命令に首を横に振る。

舌打ちした恵子が茉莉花の肩から無理にランドセルを引き剥がし部屋の隅に投げ捨てた。腕をつかんで死体の片脚を持たせようとする。

茉莉花は激しく首を振りながら両手を握って抵抗した。だが、何度も後頭部を叩かれて従わざるを得なかった。

もう一方の脚を持った恵子とともに死体を和室に引っ張り込んだ。ゴミを巻き込んで赤い筋が伸びていく。

ベッドの横まで引きずってくると恵子は脚を放り出した。茉莉花も慌てて放し、スカートで手を拭く。

「どうしてこう面倒ばかり増えるんだろうねえ、茉莉花ちゃん。おばちゃんずっと頑張ってるんだよ。いつになったら楽な暮らしができるんだろう。ほんと、男ってやつはどいつもこいつも面倒ばかりかけてくれるわ」

愚痴を吐いてベッドの傍らにある押し入れを開けた。

下段にこげ茶色に変色した本物のミイラが座っていた。顔は苦痛に歪み、両目はぽっかり穴が開いている。

とうとう茉莉花の両脚に温かいものが伝い落ちた。

「いやだ、なに？　おもらししたの？　あんたまだ私に面倒をかけさせる気？　意外と悪い子なのね。

ま、いいわ。そこはあとで拭くから先にこれを片付けるわよ」

恵子はミイラを引っ張り出して下段を空にすると、死体を中に入れるよう命じた。

茉莉花は再び激しく首を振って拒否したが、「早くしろっ」と怒鳴られ、死体の脚を両脇に抱えてバックで押し入れに入ろうとした。

だが小さな女の子にそんな力などあるはずもなく、結局恵子が死体の上半身を押して手助けした。

腰を屈めて中ほどまで入った時、加減せずに死体を押し込んでくる恵子の力に負け、茉莉花は尻もちをついた。どんどん押し込まれてくる死体に押されて立ち上がることができない。

身動きの取れなくなった茉莉花に目もくれず、死体を入れ終えた恵子は再びミイラを中に戻し始めた。

空ろな眼窩が目前に迫ってくる。悲鳴を上げたが、ううっという呻き声にしかならない。

ミイラを入れ終えた恵子が押し入れの前から離れた。茉莉花は何とかして外に出ようと体を動かしたがまったく身動きできなかった。

はあはあと荒い息を吐いて恵子が戻ってきた。ベッドの男の上半身を抱え、

「お前もここに入ってろっ」

そう言って押し込んでくる。

死体がますます茉莉花の体を押さえつけ、ミイラの顔が頬にくっつく。さらに赤黒い吐瀉物に塗れた男の顔がそこに加わった。汚れた口をにちゃにちゃ動かしながら濁った目で茉莉花をじっと見つめてくる。

恵子がもう一つ何かを突っ込んできた。

それが自分のランドセルだと分かった時、襖がぴしゃりと閉められた。凄まじい悪臭が充満する。

出してええええっ

隙間から入ってくる一条の光に手を伸ばし、茉莉花は声にならない叫びを上げた。

だが、パチンと音がしてすべてが真っ暗闇に包まれた。

＊

それでは次のニュースです。

一昨日〇〇市で下校途中行方が分からなくなっていた小学校一年生、山谷茉莉花ちゃんが近所に住む藤崎清さん宅で発見されました。

警察は近隣住民の目撃証言などをもとに藤崎さん宅を捜索、押し入れの中に閉じ込められていた茉莉花ちゃんを無事保護。監禁の疑いで清さんの妻、藤崎恵子容疑者を逮捕しました。

押し入れの中からは茉莉花ちゃんの他に衰弱した男性一人と二人の遺体が見つかり、衰弱している男性は清さんと見られ、病院に搬送されましたが意識不明の重体です。

二人の遺体はどちらも男性で一人はミイラ化しており、この家に住む清さんの実父、藤崎清一さんの姿がないことからこの遺体が清一さんのものではないかと思われ、もう一人の遺体の身元確認とともに調べを急いでいます。

警察は清さんの虐待を含め、藤崎容疑者が二人の死にどう関わったのか慎重に捜査を進めているということです。

発見時、茉莉花ちゃんには目立った外傷がなく、命の危険はないとのことですが、精神の衰弱が激しく、心のケアを重点に現在病院で治療を行っています。

特別

真山おーすけ

母親が長男に奉げる愛は他の兄弟よりも断然深い。
母にとって、兄は特別だった。
両親は兄にかなりの期待をかけ、兄もそれに応えようと努力していた。
結果、兄は母が望む進学校を卒業し、母が望む大学に入った。
両親の目が、完全に兄に向いていたこともあって、弟の僕はわりと自由にやれた。
いや、諦めていただけかもしれない。
どんなに頑張っても、兄以上に褒められることはなかったから。

そんな兄が、突然引きこもりになったのは、大学二年の頃だった。

理由は今でも分からない。

突然、〝大学には行かない〟と言い出し、二階の自室に引きこもってしまった。

最初の内は、僕も父も理由を聞いたり、励ましたりしていたが、ドア越しに話しかけるたびに兄は部屋から怒鳴り、暴れた。

次第に僕や父が家にいる時には姿も見せなくなった。

僕も父も半ば諦めていたが、母は違う。

毎日三食、母は兄の飯を作り、兄の部屋に食事を届けた。

ドア越しにでも話しかけているのか、兄の「うるせー！」という声が二階から聞こえてくる。

母はその度に泣きながら戻ってきて、僕は兄が許せなかった。

だが、兄の部屋に乗り込もうとしても、部屋に鍵がかかっていて入れない。

僕の部屋には、鍵なんてついていないのに……。

僕の部屋は、二階の兄の隣。

いつもテレビやゲームの音が響き、夜中には時々泣き声や叫び声が聞こえる。

そんなことも、いつしか慣れていた。

しかし、父は内心我慢できなかったようで、兄が引きこもってから目に見えてイライラしている。家族の会話も少なくなった。


ある日、食事を二階に運ぼうとする母に、父は言った。

「いい加減、甘やかすのはやめろ。何もしない人間に食わせる飯などない」

「何を言ってるの。そんなことしたら、お兄ちゃんが可哀そうでしょう」

そう笑って、階段を上って行く母を、父は呆れ気味に見ていた。

ところが、しばらくして二階から物音が聞こえた。

何かを落としたような、ドスンという音だった。

僕と父が心配になって廊下に出ると、二階から母が下りてきた。

口元を隠すように両手を重ねていたが、その手には血がついていた。

「怪我したの？　母さん!!」

「あいつがやったのか!?」

矢継ぎ早に問う僕と父に、母は「違うの、違うの。お兄ちゃんは悪くないの」と手を擦りながら言った。

父は激怒し、兄の部屋に乗り込もうとしたのだが、母がそれを止めた。

「やめて!! あの子は特別なの。今はちょっと反抗期、そう反抗期なの。ほら、あの子にはなかったじゃない。しばらくしたら、また前のようにいい子になって、私たちを安心させてくれるわ」


だが、そんな願いはいつまで経っても叶わない。

兄は頑なに部屋から出ようとしない。

それを強制しようとすれば、母がやめて！ と泣いて止める。

僕も父も、そのうち兄の顔も忘れるぐらい、姿も見なくなった。

二階に、それも隣にいるというのに……。

けれど、相変わらず母は兄に暴力を振られているのか、二階から降りてくるたび手には血と痣ができていた。

警察沙汰にならないのは、当人の母がどうしてもと願い、兄を愛していたから。

しかし、突然それは起こった。

ある朝、母が朝食をお盆に乗せ二階に行った直後、二階から悲鳴が聞こえた。

僕と父が慌てて二階に上がると、兄の部屋のドアが開いていて、そこを覗くと錯乱した母が床にへたれこんでいた。

母は泣きじゃくりながら、窓のほうを指差した。

そこいたのは、カーテンレールにロープをかけ首を吊っている兄の姿だった。

全身の力が抜け、手足は力なくダラリと垂れ下がっていたが、兄の目はこちらを向いていた。

まるで僕らを恨んでいるかのように……。

アンモニアのニオイが、微かに鼻についた。

久しぶりに見た兄の姿は、少し太っていた。

当たり前か。

ほとんど家にいて、食べては寝るの繰り返しなのだから。

母に暴力まで振るって……。

だが、ふと兄の顔に違和感があった。

僕はゆっくりと近づき、兄の顔をのぞく。

兄の顔は、なぜかとても腫れ上がっていて、青痣が方々にできている。

腕には、掴まれたような跡があった。

「きゅ、救急車だ！　早く呼ばないと!!　それから警察も!!」

振り返ると、父は慌てて部屋を出ようとしていた。

「待って!!　やめて!!」

母がそれを止めた。

「お兄ちゃんを連れて行かれちゃうじゃない！」

「何を言ってるんだ。お前は！」

「お兄ちゃんは、外に出たくないのよ？　私たちが守ってあげないとダメなの！　大丈夫よ。きっと、私たちを驚かせようとしているだけ。ね、そうでしょ？」

母は立ち上がり、吊るされた兄のほうへ歩いていく。

「こんなにきつく結んじゃって。これじゃ、解くのが大変じゃない。あなたはいつもそう。靴ひもだって、上手く結べないんだから」

母が机の上にあったハサミを取り、兄の首を支えているロープを切った。

すると、兄の体は母にのしかかる形で崩れていった。

母は兄の体を抱きながら床に座り、まるで赤ん坊を抱くかのように頭を優しく包んだ。

その様子を、僕も父も茫然と見ているしかなかった。

「ほら、ダメよ。ママの言う通りにしないと」

「なぁ……、こいつの顔は、どうしてこんなに痣だらけなんだ……？」

父が兄の顔の痣に気付いたのか、ボソッと呟いた。

「まさか……、お前がやったのか？」

父は、母のほうを見て言った。

母は何も言わず、ただ不気味に笑った。

と、僕はドアのほうを見て不思議に思った。

「ねぇ、母さん。兄さんの部屋、どうやって入ったの？　鍵、かかってたでしょ？　兄さんが開けたの？」

「鍵なら、ママが持ってるわよ」

ドアのほうを見ると、内側に鍵穴はないように見えた。

「お前がまさかこいつを閉じ込めていたのか？」

父が青ざめた表情で言った。

「だって、この子ったらママのご飯を食べないで、夜中に冷蔵庫漁ったりするんですもの。そんなことしたら、体に良くないじゃない」

「お前、それは……」

「この子は、ママがいないとダメなんだから。食事もトイレも、お風呂だって、ママがついていないと」

完全に狂ってしまったと、僕だけでなく父も悟った。

母が自分のことを「ママ」というのは、僕らが小さい頃に言っていた言葉。

母は僕ら、特に兄に「ママ」と呼ばせたかったようだが、中学にあがる頃には周りの影響もあって「母さん」と呼ぶようになっていた。

そういえば、その時も母は怒り、僕と兄の顔を殴ったっけ……。


兄をそのままにはしておけず、父は母を説得し電話をかけにいった。

母も納得してくれた。そう、思っていた。

僕は、二度と話せない兄を静かに抱く母を前に、無言で立ち尽くしていた。

一階からは、電話をかけている父の声が聞こえる。

「うちの息子が」

「首を吊って」

「すでに亡くなって」

そんな言葉が聞こえてくると、母はボソリと僕に言った。

「お願い。一階から、包丁を取って来てくれる?」

「包丁なんて何に使うのさ?」

母は、兄の顔を撫でながら言った。

「このまま警察が来たら、お兄ちゃん連れて行かれちゃうでしょ? その後には、火で焼かれちゃって。骨と灰にされちゃって、小さな入れ物に入れられてしまう……。お兄ちゃんの顔、もう見れなくなっちゃう」

「……写真があるじゃん」

「写真なんて、この皮膚の柔らかさを感じられないじゃない……。だから」

「だから?」

「お兄ちゃんの首をね、取って置こうと思うの。そうしたら、ずーっとお兄ちゃんの顔を見れるじゃない? そうしたら……」

「もうやめてくれよ!!」

僕はつい叫んでしまった。

するると、母は泣きながら、

「どうして死んだりしたのよ……。どうして、どうして！　どうして!!　どうして！！！」

そう言って、母は拳で兄の顔を何度も殴った。

「やめてよ、母さん!!」

咄嗟に僕は、兄を殴る母の腕を掴んだ。

兄の顔の痣は、この人がやったんだ、と確信した。

あの時、母が殴られていたのではなく、母が兄を殴っていたんだ。

母についていた血は、兄のものだったと、その時理解した。

腕を掴む僕を、母はギロリと睨みつけてきた。

僕は怖さと共に悲しさが込み上げて、それ以上何もできなかった。

兄の遺体が運び出される時も、母は叫んでいた。

「どうして死んだりするの！　一人で!!」

母にとって、兄は特別なんだ。

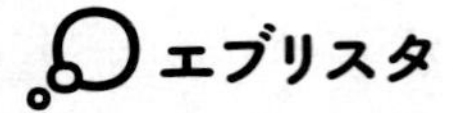

国内最大級の小説投稿サイト。
小説を書きたい人と読みたい人が出会うプラットフォームとして、これまでに200万点以上の作品を配信する。
大手出版社との協業による文学賞開催など、ジャンルを問わず多くの新人作家発掘・プロデュースを行っている。
http://estar.jp

悪意怪談

2017年11月28日 初版第1刷発行

編者 エブリスタ

カバー 橋元浩明（sowhat.Inc）
発行人 後藤明信
発行所 株式会社 竹書房
〒102-0072 東京都千代田区飯田橋2-7-3
電話03-3264-1576（代表）
電話03-3234-6208（編集）
http://www.takeshobo.co.jp
印刷所 中央精版印刷株式会社

定価はカバーに表示しています。
落丁・乱丁本は当社までお問い合わせ下さい。

ISBN978-4-8019-1277-9 C0176